职业教育院校机电类专业规划教材

# 机 械 制 图

## （通 用）

主编 马 彦 杨 欧
参编 王大山 张玉鑫 侯 敏

机械工业出版社

本书是以任务驱动式教学理念为指导，以职业活动为主线编写的。本书的主要内容包括制图基础、平面图形、基本体、轴测图、组合体、机件的表达方法、标准件和常用件、零件图及装配图。本书配有与教材内容一致的《机械制图习题集（通用）》。

本书可作为中等职业学校机电类各专业的教学用书，也可作为企业岗位培训教材。

图书在版编目（CIP）数据

机械制图（通用）/马彦，杨欧主编. —北京：机械工业出版社，2011.8
职业教育院校机电类专业规划教材
ISBN 978-7-111-34556-5

Ⅰ.①机… Ⅱ.①马…②杨… Ⅲ.①机械制图-中等专业学校-教材
Ⅳ.①TH126

中国版本图书馆 CIP 数据核字（2011）第 143203 号

机械工业出版社（北京市百万庄大街 22 号　邮政编码 100037）
策划编辑：张云鹏　责任编辑：张云鹏　责任校对：卢惠英
封面设计：陈　沛　责任印制：杨　曦
北京四季青印刷厂印刷（三河市杨庄镇环伟装订厂装订）
2011 年 9 月第 1 版第 1 次印刷
184mm×260mm·11.75 印张·275 千字
0001—3000 册
标准书号：ISBN 978-7-111-34556-5
定价：25.00 元

# 前　言

　　为贯彻落实教育部关于进一步深化中等职业教育教学改革的要求,力求做到"课程能力服务于专业能力,专业能力服务于岗位能力",我们编写了本书。本书以任务驱动式教学理念为指导,以职业活动为主线。任务的选取紧扣工程实例,从简到繁,由单一到复合;基本知识由浅入深,基本技能由简单到复杂。

　　本书具有以下特点:

　　1)注重职业技能的培养。根据机械类职业的实际需要,合理确定学生应具备的能力结构和知识结构,以满足企业对技能型人才的需要。

　　2)采用最新的《机械制图》、《技术制图》以及其他国家标准。

　　3)本书以工作任务为导向,以项目为载体,可采用四步教学法、引导提示法、案例分析法、模拟教学法、实际操作等多种教学方法进行教学与实践。

　　本书由马彦、杨欧主编,参加编写的还有张玉鑫、侯敏、王大山。

　　由于编者水平有限,书中不足之处,欢迎广大读者提出批评和建议。

编者

# 目  录

# 课题一 制图基础

机械制图（通用）

# 1-1 常用尺规绘图工具

## 学习目标

了解常用的尺规绘图工具。

## 知识链接

正确地使用和维护绘图工具是保证绘图质量和加快绘图速度的一个重要方面，因此，必须养成正确使用、维护绘图工具和用品的良好习惯。

### 1. 图板

图板是供铺放、固定图纸用的矩形木板（图1-1），其板面平整光滑，左侧为丁字尺的导边，必须平直。

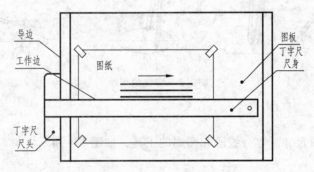

图1-1 图板和丁字尺

### 2. 丁字尺

丁字尺由尺头和尺身构成，主要用来画水平线。使用时，尺头内侧必须靠紧图板的导边，用左手推动丁字尺上、下移动。移动到所需位置后，压住尺身，用右手由左至右画水平线。

### 3. 三角板

三角板由45°和30°（60°）两块合成为一副。三角板和丁字尺配合使用，可作出垂直

1

线，也可画出 15°、30°、45°、60°、75°等特殊角度的倾斜线，如图 1-2 所示。如将两块三角板配合使用，还可以画出已知直线的平行线或垂直线。

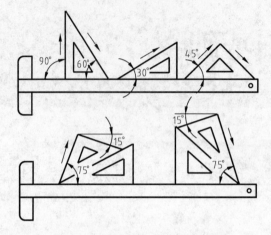

图 1-2　三角板和丁字尺配合使用

### 4. 圆规

圆规是用来画圆或圆弧的工具。

画圆时，圆规的钢针应使用有肩台的一端，并使肩台与铅芯尖平齐。圆规的使用方法如图 1-3 所示。

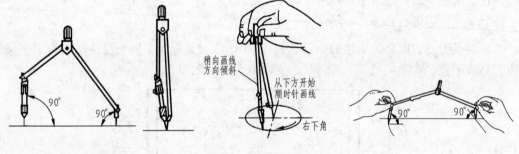

稍向画线方向倾斜

从下方开始顺时针画线

右下角

图 1-3　圆规的用法

### 5. 分规

分规是用来截取尺寸、等分线段和圆周的工具，如图 1-4 所示。

### 6. 铅笔

铅笔分硬、中、软三种。绘制图形底稿时，建议采用 2H 或 3H 铅笔，并削成尖锐的圆锥形；描黑底稿时，建议采用 B 或 2B 铅笔，削成楔形。铅笔应从没有标号的一端开始使用，以便保留标号，如图 1-5 所示。

### 7. 曲线板

曲线板是用来画非圆曲线的工具，其轮廓线由多段不同曲率半径的曲线组成。

作图时，先徒手用铅笔把曲线上一系列的点顺序地连接起来，然后选择曲线板上曲率合

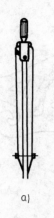
a)

b)

左手　右手
c)

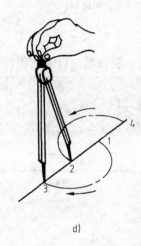
d)

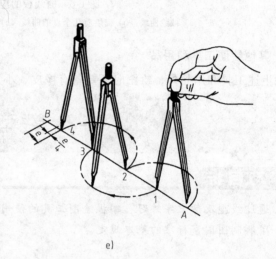
e)

图 1-4　分规

a) 普通分规　b) 弹簧分规　c) 用分规量取尺寸　d) 用分规截取等距离　e) 用分规等分直线段

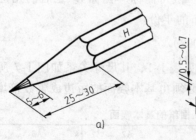
a)

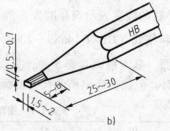
b)

图 1-5　铅笔的削法

a) 锥形　b) 楔形

适的部分与徒手连接的曲线贴合。每次连接应通过曲线上三个点，并注意每画一段线，都要比曲线板边与曲线贴合的部分稍短一些，这样才能使所画的曲线光滑地过渡，如图 1-6

所示。

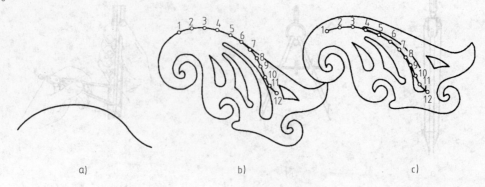

图 1-6　曲线板的应用

a) 被绘曲线　b) 描绘前几个点的曲线　c) 描绘中间几个点的曲线

**8. 其他绘图工具和用品**

除上述工具和用品外，绘图时还要备有橡皮、小刀、砂纸、胶带纸，以及比例尺等。

# 1-2　线型及仿宋字

　**学习目标**

1. 通过线型及仿宋字练习，掌握绘图工具的使用方法。
2. 了解制图国家标准的基本规定。

**知识链接**　**制图国家标准的基本规定**

国家标准《机械制图》是机械专业制图标准，它们是图样的绘制与使用的准绳。

"GB/T"为推荐性国家标准的代号，一般可简称"国标"。之后的几位数字为标准的批准顺序号，"—"后的数字表示该标准发布的年份。

**1. 图纸幅面和格式**（GB/T 14689—2008）

（1）图纸幅面　基本幅面共有 5 种，见表 1-1，其尺寸关系如图 1-7 所示。必要时，也允许选用加长幅面，但加长后幅面的尺寸必须由基本幅面的短边成整数倍增加后得出。

表 1-1　图纸的基本幅面

| 幅面代号 | A0 | A1 | A2 | A3 | A4 |
|---|---|---|---|---|---|
| $B \times L$ | 841×1189 | 594×841 | 420×594 | 294×420 | 210×297 |
| $e$ | 20 | | | 10 | |
| $c$ | 10 | | | 5 | |
| $a$ | 25 | | | | |

（2）图框格式　在图纸上必须用粗实线画出图框，其格式分为不留装订边（图 1-8）和

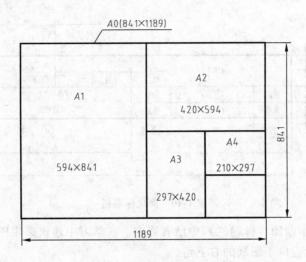

图 1-7　基本幅面的尺寸关系

留装订边（图 1-9）两种。同一产品的图样只能采用一种格式。

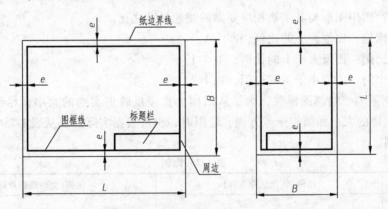

图 1-8　不留装订边的图框格式

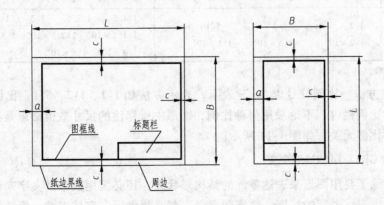

图 1-9　留装订边的图框格式

（3）标题栏　每张图样都必须画出标题栏。标题栏的格式和尺寸在国家标准 GB/T

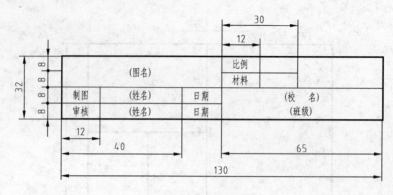

图 1-10　简化标题栏

10609.1—2008《技术制图　标题栏》中已有规定。在学习中建议采用图 1-10 所示的简化标题栏。标题栏的位置应位于图纸的右下角。

**2. 比例**（GB/T 14690—1993）

（1）术语

1）比例：图中图形与其实物相应要素的线性尺寸之比。

2）原值比例：比值为 1 的比例，即 1:1。

3）放大比例：比值大于 1 的比例，如 2:1。

4）缩小比例：比值小于 1 的比例，如 1:2。

（2）比例系列　绘制图样时，为了从图样上直接反映出实物的大小，尽量采用原值比例。但各种实物的大小和结构千差万别，绘图时，也可根据实际需要从表 1-2 中选取放大比例或缩小比例。

表 1-2　比例

| 种类 | 比例（优先选择系列） | | | 比例（允许选择系列） | | | | |
|---|---|---|---|---|---|---|---|---|
| 原值比例 | 1:1 | | | | | | | |
| 放大比例 | 5:1<br>$5 \times 10^n:1$ | 2:1<br>$2 \times 10^n:1$ | $1 \times 10^n:1$ | 4:1<br>$4 \times 10^n:1$ | 2.5:1<br>$2.5 \times 10^n:1$ | | | |
| 缩小比例 | 1:2<br>$1:2 \times 10^n$ | 1:5<br>$1:5 \times 10^n$ | 1:10<br>$1:1 \times 10^n$ | 1:1.5<br>$1:1.5 \times 10^n$<br>$1:4 \times 10^n$ | 1:2.5<br>$1:2.5 \times 10^n$<br>$1:6 \times 10^n$ | 1:3<br>$1:3 \times 10^n$ | 1:4 | 1:6 |

注：n 为正整数。

（3）标注方法　比例符号以"："表示，表示方法如 1:1、1:2、5:1。比例一般应标注在标题栏中的比例栏内。不论采用何种比例，图形中所标注的尺寸数值必须是实物的实际大小，与图形的比例无关，如图 1-11 所示。

**3. 字体**（GB/T 14691—1993）

在图样上除了要用图形来表达零件的结构形状外，还必须用数字及文字来说明它的大小和技术要求等内容。书写的汉字、数字和字母，都必须做到：字体工整、笔画清楚、间隔均匀、排列整齐。

（1）汉字　汉字应写成长仿宋体字，并应采用国家正式公布的简化字。汉字的高度

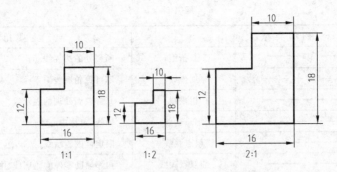

图 1-11 图形比例与尺寸数字

（用 $h$ 表示）不应小于 3.5mm，其字宽一般为字高的 0.7 倍。字体的高度代表字体的号数，其公称尺寸系列为 1.8、2.5、3.5、5、7、10、14、20（单位为 mm）。

书写长仿宋体字的要领是：横平竖直、注意起落、结构匀称。

（2）字母和数字　字母和数字（包括阿拉伯数字、罗马数字、拉丁字母及少数希腊字母）按笔画宽度 $d$ 与字高 $h$ 的关系情况可分 A 型和 B 型。A 型字体的笔画宽度 $d$ 为字高 $h$ 的 1/14，B 型字体的笔画宽度 $d$ 为字高 $h$ 的 1/10。在同一图样上，只允许选用一种形式的字体。字母和数字可写成斜体和直体。斜体字字头向右倾斜，与水平基准线成 75°。

拉丁字母的写法如下：

|斜体|直体|
|---|---|
|*ABCDEFGHIJKLMN*|ABCDEFGHIJKLMN|
|*OPQRSTUVWXYZ*|OPQRSTUVWXYZ|

阿拉伯数字的写法如下：

|斜体|直体|
|---|---|
|*0123456789*|0123456789|

罗马数字的写法如下：

|斜体|直体|
|---|---|
|*I II III IV V VI VII VIII IX X*|I II III IV V VI VII VIII IX X|

**4. 图线**（GB/T 4457.4—2002）

绘制图样中常用的线型及名称，见表 1-3。

表 1-3　常用的图线

| 图 线 类 型 | | 主 要 用 途 |
|---|---|---|
| ——————— | 粗实线 | 可见轮廓线、相贯线 |
| ——————— | 细实线 | 尺寸线、尺寸界线、剖面线、引出线 |
| ∿∿∿ | 波浪线 | 断裂处的边界线、视图和剖视图的分界线 |

（续）

| 图线类型 | | 主要用途 |
|---|---|---|
| | 双折线 | 断裂处的边界线 |
| | 细虚线 | 不可见轮廓线 |
| | 粗虚线 | 允许表面处理的表示线 |
| | 细点画线 | 轴线、对称中心线 |
| | 粗点画线 | 限定范围表示线 |
| | 细双点画线 | 相邻辅助零件的轮廓线、中断线 |

在机械图样中采用粗细两种线宽，它们之间的比例为 2:1（粗线为 $d$，细线为 $d/2$）。

在同一图样中，同类图线的宽度应一致。细（粗）虚线、细（粗）点画线及细双点画线的线段长度和间隔应各自大致相等。

各种图线的应用示例如图 1-12 所示。

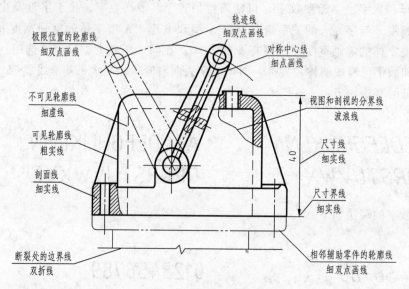

图 1-12　各种图线应用举例

画图线时应注意以下几点，如图 1-13 所示：

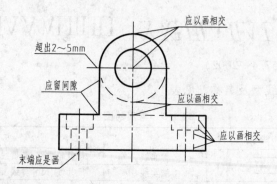

图 1-13　图线画法

8

1）细点画线、细双点画线的首末两端应是画，而不是点。

2）各种线形相交时，都应以画相交，而不应该是点或间隔。

3）当有两种或更多种的图线重合时，通常应按照图线所表达对象的重要程度，优先选择绘制顺序：可见轮廓线→不可见轮廓线→尺寸线→各种用途的细实线→轴线和对称线（中心线）→假想线。

# 课题二 平面图形

机械制图（通用）

##  2-1 简单平面图形

### 学习目标

1. 进一步了解制图国家标准的基本规定。
2. 掌握标注尺寸的基本规则，会进行基本的尺寸标注。
3. 掌握常用的圆周等分和正多边形的绘制方法。

### 制图任务

#### 一、绘制平面五角星

图 2-1 所示的五角星图形是通过连接正五边形各顶点得到的。在绘制此图形的过程中，需要了解等分圆周、正五边形的作图方法。绘制该图形时用到了点画线、细实线、粗实线等图线，需要使用图板、丁字尺、铅笔、圆规、三角板等绘图工具。

1）绘制基准线 *AB*、*CD*。以点 *O* 为圆心绘制半径为 30 的圆；以点 *B* 为圆心，*OB* 长为半径绘制圆弧，交圆周于 *M*、*N* 两点，连接 *M*、*N* 两点，交 *OB* 于点 *P*，如图 2-2a 所示。

2）作五等分点。以点 *P* 为圆心，*PC* 长为半径画弧，交直径 *AB* 于点 *H*，如图 2-2b 所示。以 *CH* 为弦长，自点 *C* 起在圆周上截取点 *E*、*F*、*G*、*K*，得等分点，如图 2-2c 所示。

图 2-1　五角星图形

3）顺序连接圆周各等分点，即得正五边形，如图 2-2d 所示。

4）依次连接各点的非相邻点，擦除作图辅助线并加深线条，即得要求的图形，如图 2-1 所示。

#### 二、绘制带燕尾槽板平面图形，并标注尺寸

绘制图 2-3 所示带燕尾槽板平面图形，具体步骤如下：

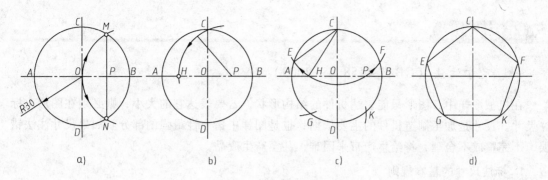

图 2-2  五角星的绘制步骤

1）画对称中心线，再以对称中心线为对称轴，画出水平线，并左、右分别截取点 A、B、C、D；画 AB 的平行线 1、2，如图 2-4a 所示。

2）作直线 CP、DQ、AJ、BK、GM、GN，如图2-4b所示。

3）连接 JM、KN，得到带燕尾槽板的轮廓底稿线，如图 2-4c 所示。

4）检查，擦除作图辅助线并加深、加粗得轮廓线，如图 2-4d 所示。

5）标注尺寸，如图 2-3 所示。

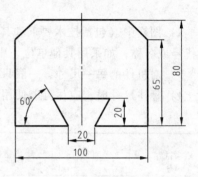

图 2-3  带燕尾槽板平面图形

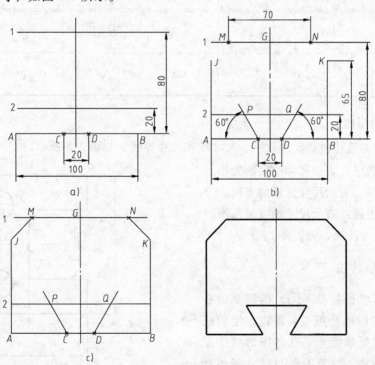

图 2-4  燕尾槽板平面图形绘制步骤

## 一、尺寸注法（GB/T 4458.4—2003）

在机械图样中，图形只能表达机件的结构形状，若要表达它的大小，则必须在图形上标注尺寸。尺寸是加工制造机件的主要依据，也是图样中指令性最强的部分。如果尺寸注法错误、不完整或不合理，将给生产带来困难，甚至产生废品。

### 1. 标注尺寸的基本规则

1）机件的真实大小应以图样上所注的尺寸数值为依据，与图形大小及绘图的准确度无关。

2）图样中（包括技术要求和其他说明）的尺寸，以毫米为单位时，不需标注计量单位的代号或名称；如采用其他单位，则必须注明相应的计量单位的代码或名称。

3）对机件的每一尺寸，一般只标注一次，并标注在反映该结构最清晰的图形上。

4）标注尺寸时，应尽可能使用符号和缩写。常用的符号和缩写见表 2-1。

表 2-1　尺寸符号和缩写

| 名称 | 直径 | 半径 | 球直径 | 球半径 | 厚度 | 正方形 |
|---|---|---|---|---|---|---|
| 符号或缩写 | $\phi$ | $R$ | $S\phi$ | $SR$ | $t$ | □ |

| 名称 | 45°倒角 | 深度 | 沉孔、锪平 | 埋头孔 | 均布 | 弧度 |
|---|---|---|---|---|---|---|
| 符号或缩写 | $C$ | ⊽ | ⊔ | ∨ | $EQS$ | ⌒ |

### 2. 尺寸的组成

一个完整的尺寸包括尺寸数字、尺寸线和尺寸界线，如图 2-5 所示。

1）尺寸数字：表示尺寸度量的大小。

2）尺寸线：表示尺寸度量的方向。

3）尺寸界线：表示尺寸的度量范围。

常见的尺寸注法，见表 2-2。

## 二、等分作图

机件的形状虽各有不同，但都是由各种基本的几何图形所组成。所以，绘制机械图样应当首先掌握常见几何图形的作图原理、作图方法，以及图形与尺寸间相互依存的关系。

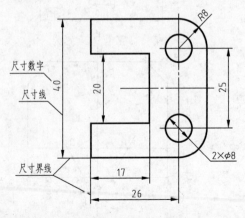

图 2-5　尺寸的标注示例

表2-2  常见的尺寸注法

| 项目 | 图例 | 基本规定 |
|---|---|---|
| 尺寸线 | 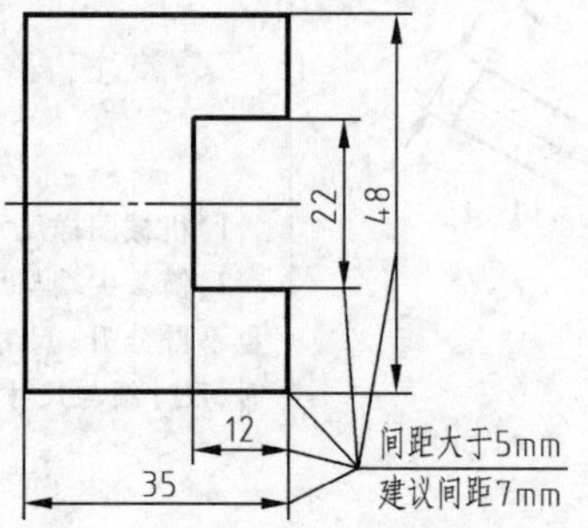 | 1)尺寸线用细实线画出,不能用其他图线代替,也不得与其他图线重合或画在其他线的延长线上<br>2)尺寸线与所标注的线段平行;尺寸线与轮廓线的间距、相同方向上尺寸线之间的间距约7mm |
| 尺寸界线 | 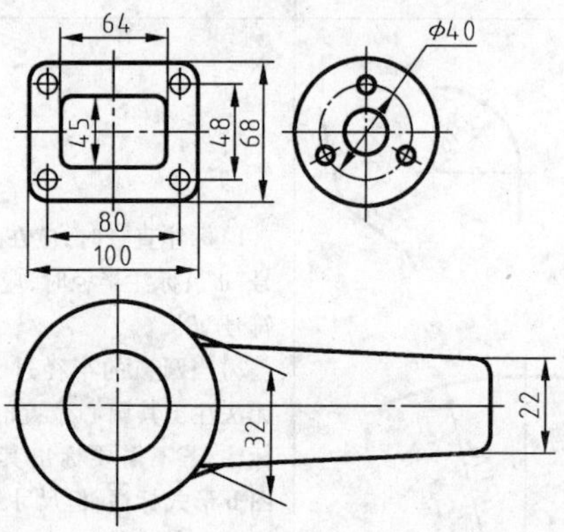 | 1)尺寸界线用细实线绘制,由图形的轮廓线、轴线或对称中心线处引出,也可直接利用它们做尺寸界线<br>2)尺寸界线一般应与尺寸线垂直。当尺寸界线贴近轮廓线时,允许与尺寸线倾斜<br>3)在光滑过渡处标注尺寸时,用细实线将轮廓线延长,从其交点处引出尺寸界线 |
| 尺寸数字 | 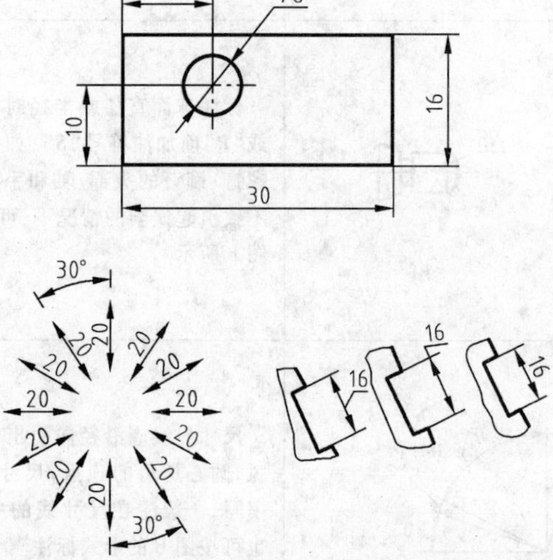 | 1)尺寸数字一般应标注在尺寸线的上方,也允许标注在尺寸线的中断处<br>2)线性尺寸数字的方向一般应按图 a 所示的方向标注,并尽可能避免在图示30°范围内标注,若无法避免时,可按图 b 的形式标注<br>3)尺寸数字不可被任何图线所通过,否则必须将该图线断开 |

（续）

| 项目 | 图　例 | 基本规定 |
|---|---|---|
| 尺寸线终端 | 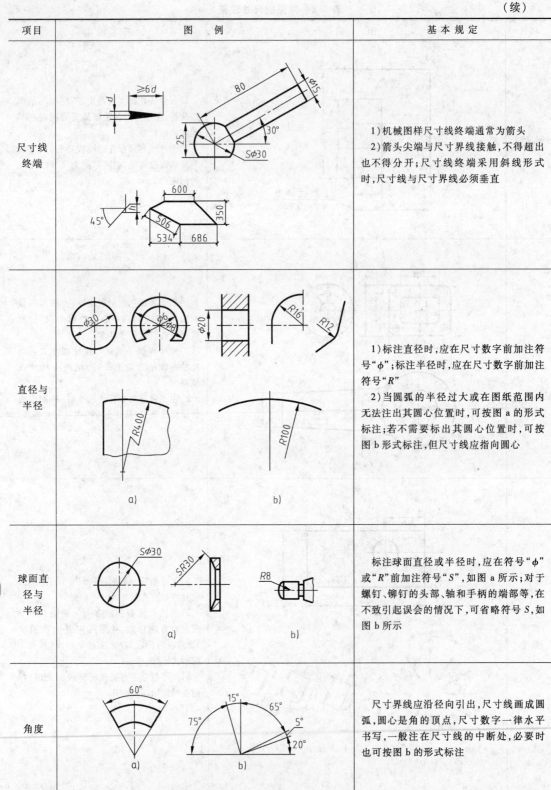 | 1）机械图样尺寸线终端通常为箭头<br>2）箭头尖端与尺寸界线接触，不得超出也不得分开；尺寸线终端采用斜线形式时，尺寸线与尺寸界线必须垂直 |
| 直径与半径 |  | 1）标注直径时，应在尺寸数字前加注符号"φ"；标注半径时，应在尺寸数字前加注符号"R"<br>2）当圆弧的半径过大或在图纸范围内无法注出其圆心位置时，可按图a的形式标注；若不需要标出其圆心位置时，可按图b形式标注，但尺寸线应指向圆心 |
| 球面直径与半径 |  | 标注球面直径或半径时，应在符号"φ"或"R"前加注符号"S"，如图a所示；对于螺钉、铆钉的头部、轴和手柄的端部等，在不致引起误会的情况下，可省略符号S，如图b所示 |
| 角度 |  | 尺寸界线应沿径向引出，尺寸线画成圆弧，圆心是角的顶点，尺寸数字一律水平书写，一般注在尺寸线的中断处，必要时也可按图b的形式标注 |

（续）

| 项目 | 图 例 | 基本规定 |
|---|---|---|
| 弦长与弧长 | 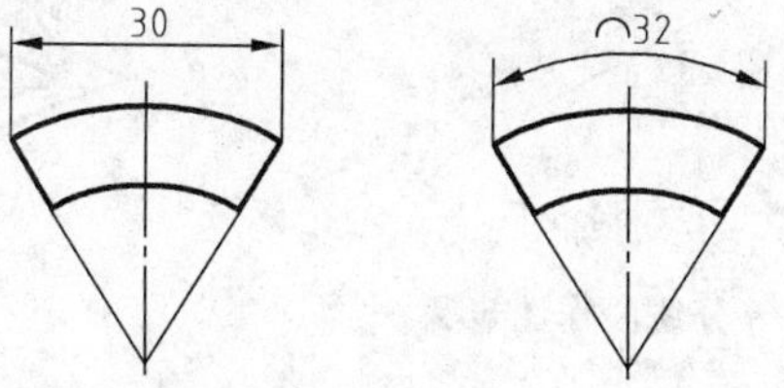 | 标注弦长和弧长时,尺寸界线应平行于弦的垂直平分线;标注弧长尺寸时,尺寸线用圆弧,并应在尺寸数字上方加注符号"⌒" |
| 狭小部位 | 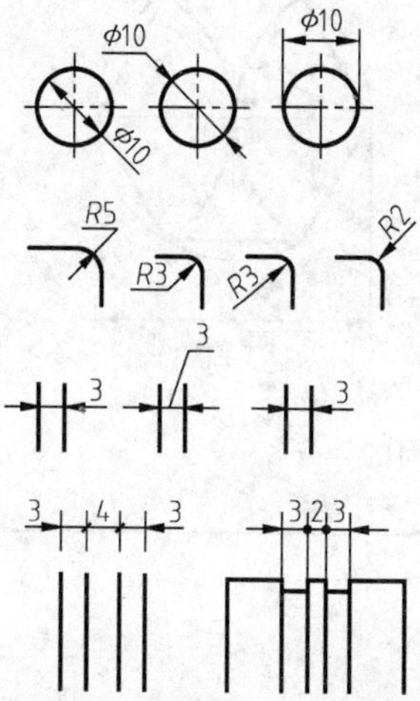 | 1)在没有足够的位置画箭头或标注数字时,可将箭头或数字布置在外面,也可将箭头和数字都布置在外面<br>2)几个小尺寸连续标注时,中间的箭头可用斜线或圆点代替 |
| 对称机件 | 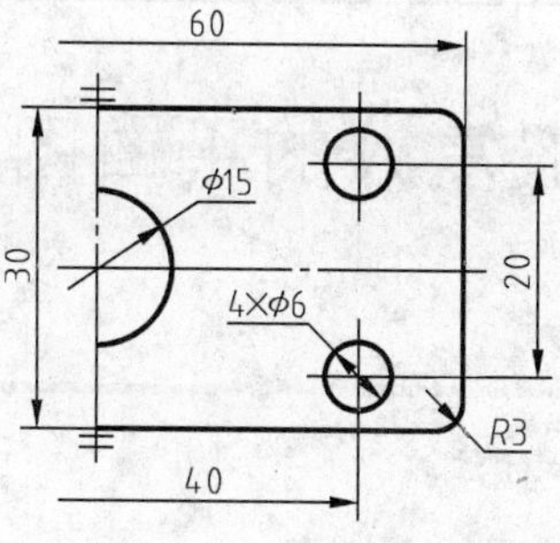 | 当对称机件的图形只画出一半或略大于一半时,尺寸线应略超过对称中心线或断裂处的边界线,并在尺寸线一端画出箭头 |

**1. 等分线段**

已知线段 AB，作 5 等分，步骤如图 2-6 所示。

1）过 AB 的一端点 A 作一条射线 AC，由此端点起在射线 AC 上截取 5 等分。

2）将射线 AC 上 5 等分的末端与已知直线另一端点连线，并过射线上各等分点作此连线的平行线与已知直线相交，交点即为所求。

**2. 等分圆周和作正多边形**

圆周的三等分，如图 2-7a 所示；圆周的六等分，如图 2-7b 所示。

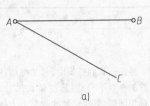 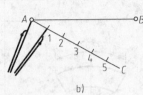 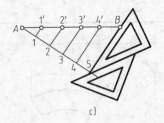

a)　　　　　　　　b)　　　　　　　　c)

图 2-6　等分线段作图步骤

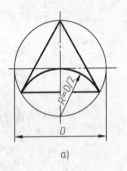 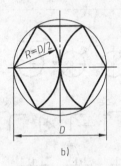

a)　　　　　　　　b)

图 2-7　圆周的等分

**思考**

用 30°～60°三角板和丁字尺配合作出圆周的三、六等分。

## 2-2　一般复杂的平面图形

### 学习目标

1. 了解斜度和锥度的概念，掌握其画法和标注。
2. 掌握线段连接的作图方法。
3. 掌握平面图形的分析方法和作图步骤。

### 制图任务

**一、绘制工字钢平面图形**

工字钢如图 2-8 所示，其绘制重点在于斜度为 1:6 的线段画法，以及用圆弧 *R*3.3、*R*6.5 分别连接两线段的画法。

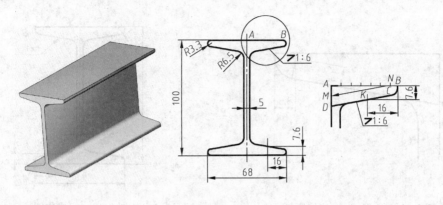

图 2-8 工字钢

1）作对称线和已知直线，如图 2-9 所示。

2）作 1:6 斜度线 DC，如图 2-10 所示。

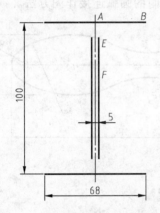

图 2-9 作对称线和已知直线

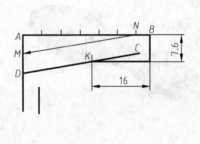

图 2-10 作 1:6 斜度线 DC

3）作 R6.5 连接圆弧 12，如图 2-11 所示。

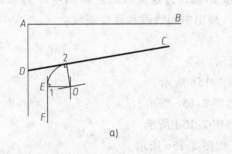

a)

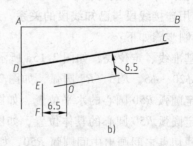

b)

图 2-11 作 R6.5mm 连接圆弧

4）作 R3.3 连接圆弧，如图 2-12 所示。

5）按照以上方法将其他部分完成；整理图形，擦去多余线条，将图形整理清晰，然后标注尺寸，如图 2-13 所示。

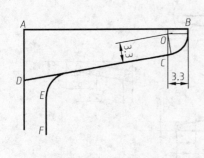

图 2-12　作 R3.3mm 连接圆弧

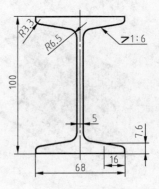

图 2-13　完成作图

## 二、绘制手柄平面图形

手柄图形如图 2-14 所示，其绘制重点在于两圆弧之间的圆弧连接作图方法。

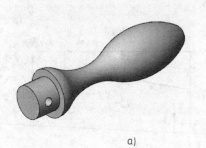

a)

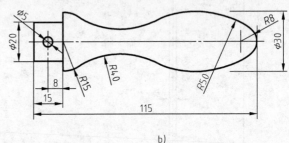

b)

图 2-14　手柄图形

分析：图中定形尺寸、定位尺寸齐全，表示 $\phi20$ 圆柱的矩形线段，R15、R8、$\phi5$ 圆弧线段为已知线段；圆弧 R50 与圆弧 R8 相切，圆心定位尺寸不完整，为中间线段；圆弧 R40 没有圆心定位尺寸，分别与圆弧 R15、R50 相切，为连接线段。画图顺序为先画出已知线段，然后利用连接线段与已知线段的关系，画出中间线段和连接线段。

具体绘制步骤如下：

1）画基准线、定位线，如图 2-15a 所示。

2）画 $\phi20$、$\phi5$、R15、R8 圆弧，如图 2-15b 所示。

3）确定圆弧 R50 圆心的水平位置，如图 2-15c 所示。

4）确定圆弧 R50 圆心的具体位置，如图 2-15d 所示。

5）在两切点之间画出中间圆弧 R50，如图 2-15e 所示。

6）确定连接圆弧 R40 的圆心位置，如图 2-15f 所示。

7）将所求 R40 的圆心与 R15、R50 的圆心相连，确定连接圆弧 R40 与 R15、R50 的连接点，如图 2-15g 所示。

8）在两切点之间画出连接圆弧 R40，如图 2-15h 所示。

9）检查、整理后加深图线，然后标注尺寸，如图 2-14b 所示。

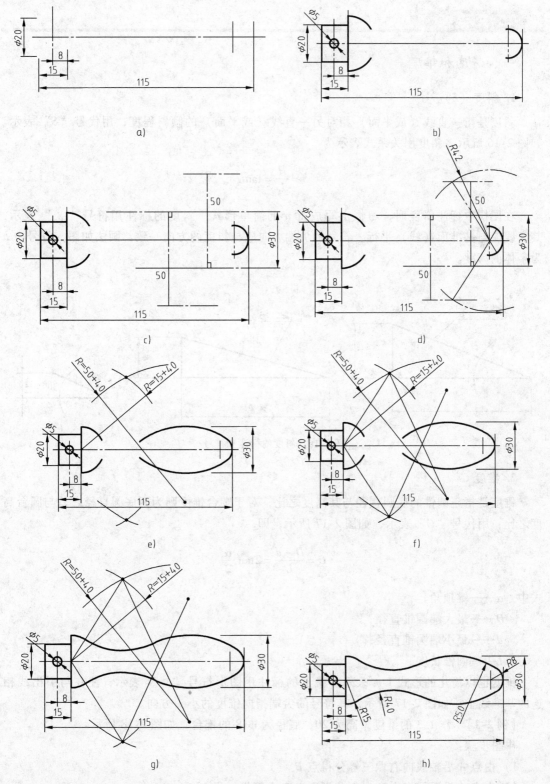

图 2-15 绘制手柄

### 知识链接

一、斜度和锥度

**1. 斜度（S）**

斜度是指一直线（或平面）相对另一直线（或平面）的倾斜程度，用代号"S"表示。如图 2-16 所示，斜度用关系式表示为

$$S = \frac{H}{L} = \tan\alpha$$

在图样中标注斜度时，习惯上写成 $1:n$ 的简单形式。斜度的标注用符号"∠"表示，其底线应与基准面（线）平行，符号的尖端方向应与斜度的方向一致，画法如图，符号中 $h$ 为字体的高度。

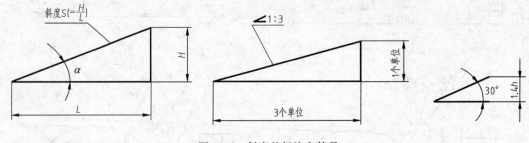

图 2-16　斜度的标注和符号

**2. 锥度 C**

锥度是指正圆锥的底圆直径与其高度之比，对于圆台锥度则为两底圆直径之差与圆台高度之比，用代号"C"表示，如图 2-17 所示，即

$$C = \frac{D - d}{L} = 2\tan\frac{\alpha}{2}$$

式中　$\alpha$——锥顶角；

　　　　$D$——最大端圆锥直径；

　　　　$d$——最小端圆锥直径；

　　　　$L$——圆锥长度。

锥度也以简化的形式 $1:n$ 表示。锥度的标注用图形符号"▷"表示，注在与引出线相连的基准线上，如图 2-17 所示，其符号的尖端指向锥度的小头方向。

**【例 2-1】** 作 $1:3$ 的锥度，高为 20，底径为 $\phi18$ 的锥台，如图 2-18 所示。

作图步骤：

1）由点 $A$ 沿轴线向右取三等分得点 $B$。

2）由点 $A$ 沿垂线向上和向下分别取 1/2 个等份，得点 $C$、$C'$。

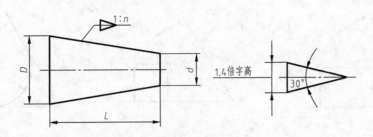

图 2-17 锥度的标注和符号

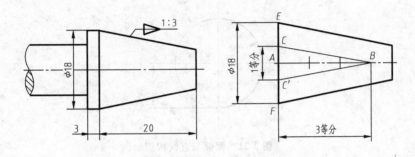

图 2-18 锥台

3）连接 $BC$、$BC'$，即得 1:3 的锥度。

4）过点 $E$、$F$ 作 $BC$、$BC'$ 的平行线，即得所求圆锥台的锥度线。

## 二、圆弧连接

用一圆弧光滑地连接相邻两线段的作图方法称为圆弧连接。圆弧连接包括两直线间的圆弧连接、直线和圆弧之间的圆弧连接，以及两圆弧之间的圆弧连接。

圆弧连接的作图可归结为求连接圆弧的圆心和切点，其步骤一般为：

1）求出连接弧的圆心。

2）求出切点。

3）用连接弧半径画弧。

【例 2-2】 用圆弧连接锐角的两边（两直线间的圆弧连接），如图 2-19 所示。

作图步骤：

1）作与已知角两边分别相距为 $R$ 的平行线，交点 $O$ 即为连接弧圆心，如图 2-20a 所示。

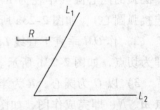

图 2-19 两直线的圆弧连接

2）自点 $O$ 分别向已知角两边作垂线，垂足 $M$、$N$ 即为切点，如图 2-20b 所示。

3）以 $O$ 为圆心，$R$ 为半径，在两切点 $M$、$N$ 之间画连接圆弧，如图 2-20c 所示。

圆弧与直线相切的原理：连接弧圆心的轨迹为一平行于已知直线的直线。两直线间的垂直距离为连接弧的半径 $R$，由圆心向已知直线作垂线，其垂足即为切点，如图 2-21 所示。

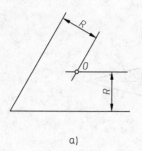

a)

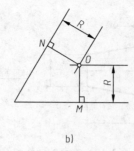

b)

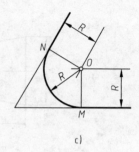

c)

图 2-20　两直线的圆弧连接

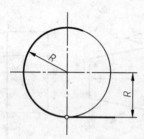

图 2-21　圆弧与直线相切

**思考**

用圆弧连接钝角和直角两边的作法。

**【例 2-3】**　用圆弧连接图 2-22 所示的直线和圆弧（作直线和圆弧之间的圆弧连接）。

作图步骤：

1）作直线 $L_2$，平行于直线 $L_1$（其间距离为 $R$）；再作已知圆弧的同心圆（半径为 $R_1 + R$）与直线 $L_2$ 相交于 $O$（即为连接弧圆心），如图 2-23a 所示。

2）作 $OM$ 垂直于直线 $L_1$；连 $OO_1$ 交已知圆弧于 $N$，$M$、$N$ 即为切点，如图 2-23b 所示。

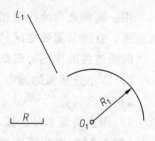

图 2-22　直线和圆弧的圆弧连接

3）以 $O$ 为圆心，$R$ 为半径画圆弧，连接直线 $L_1$ 和圆弧于点 $M$、$N$，即完成作图，如图 2-23c 所示。

两圆弧外切的原理：连接弧圆心的轨迹为一与已知圆弧同心的圆，该圆的半径为两圆弧半径之和（$R + R_1$）；两圆心的连线与已知圆弧的交点即为切点，如图 2-24 所示。

**【例 2-4】**　用圆弧连接图 2-25 所示的两圆弧（内连接）。

作图步骤下：

1）分别以（$R - R_1$）和（$R - R_2$）为半径，$O_1$ 和 $O_2$ 为圆心，画弧交于点 $O$（即连接弧圆心），如图 2-26a 所示。

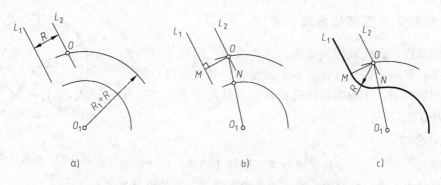

图 2-23　直线和圆弧的圆弧连接

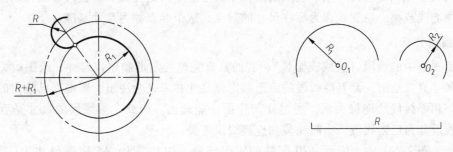

图 2-24　两圆弧外切　　　　　　　图 2-25　两圆弧之间的圆弧连接

2）连 $OO_1$、$OO_2$ 并延长，分别与已知弧交于 $M$、$N$（$M$、$N$ 即切点），如图 2-26b 所示。

3）以 $O$ 为圆心，$R$ 为半径画圆弧，连接两已知圆弧于 $M$、$N$ 即完成作图，如图 2-26c 所示。

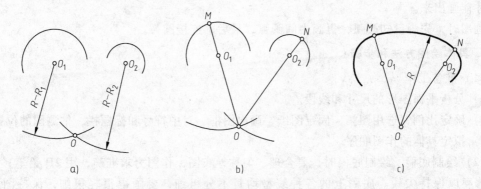

图 2-26　两圆弧之间的圆弧连接作图

　　两圆弧内切的原理：连接弧圆心的轨迹为一与已知圆弧同心的圆，该圆的半径为两圆弧半径之差（$R_1 - R$）；两圆心连线的延长线与已知圆弧的交点即为切点，如图 2-27 所示。

思考

用圆弧连接两圆弧，外连接和混合连接的作法？

### 三、绘制平面图形的方法和步骤

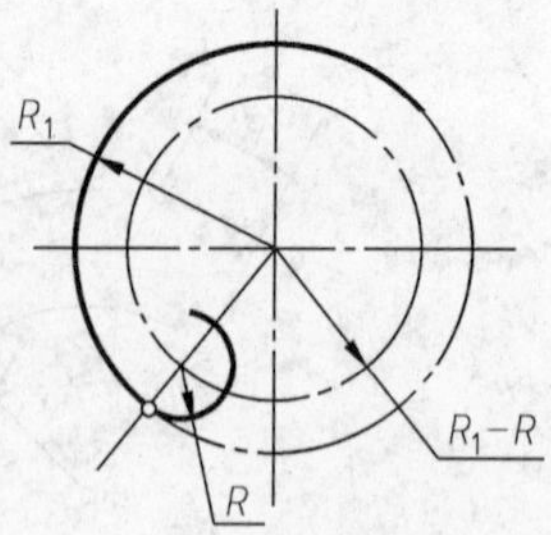

平面图形由许多线段连接而成，这些线段之间的相对位置和连接关系，靠给定的尺寸来确定。画图时，只有通过分析尺寸和线段间的关系，才能明确该平面图形应从何处着手，以及按什么顺序作图。

图 2-27　两圆弧内切

**1. 尺寸分析**

平面图形中的尺寸，按其作用分为定形尺寸和定位尺寸。

定形尺寸用于确定线段的长度、圆弧的半径（或圆的直径）和角度的大小等。定位尺寸用于确定线段在平面图形中所处位置。定位尺寸通常以图形的对称线、中心线或某一轮廓线作为标注尺寸的起点，这个起点称为尺寸基准。

**2. 线段分析**

平面图形中的线段（直线或圆弧），有的具有完整的定形和定位尺寸，绘图时，可根据标注的尺寸直接绘出；而有些线段的定形和定位尺寸并未完全注出，要根据已注出的尺寸和该线段与相邻线段的连接关系，通过几何作图才能画出。因此，按线段的尺寸是否标注齐全，将线段分为已知线段、中间线段和连接线段三类。

例如，图 2-14b 中，表示 $\phi20$ 圆柱的矩形线段，$R15$、$R8$、$\phi5$ 定形尺寸为已知线段；$R50$ 为中间线段；$R40$ 为连接线段。在作图时，由于已知圆弧有两个定位尺寸，故可直接画出；而中间圆弧虽然缺少一个定位尺寸，但它总是和一个已知线段相连接，利用相切的条件便可画出；连接圆弧则由于缺少两个定位尺寸，唯有借助于它和已经画出的两条线段的相切条件才能画出来。

画图时，先画已知圆弧，再画中间圆弧，最后画连接圆弧。

**3. 具体绘图方法和步骤**

（1）准备工作

1）分析平面图形的尺寸和线段。

2）确定比例，选用图幅，固定图纸，画出图框、对中符号和标题栏，估测图的位置。

3）拟定具体的作图顺序。

（2）绘制底稿　绘制底稿时，要合理、匀称地布图，作图力求准确，用 2H 铅笔，铅芯经常修磨以保持尖锐。底稿上的各种线型均暂不分粗细，要画得很轻很细，保持图面的整洁。

一般按照画基准线、已知线段、中间线段、连接线段的顺序绘制底稿。

（3）描深底稿　在铅笔描深以前，全面检查底稿，修正错误，把画错的线条及作图辅助线用软橡皮轻轻擦净。用 H、HB、B 铅笔描深各种图线，用力均匀一致，以免线条浓淡不匀。为避免弄脏图面，应保持双手、三角板及丁字尺的清洁。描深过程中应尽量避免三角板在已描深的图线上反复推磨。

描深底稿的步骤如下：

1）先粗后细。一般应先描深全部粗实线，再描深全部虚线、点画线及细实线等，这样既可提高绘图效率，又可保证同一线型在全图中粗细一致，不同线型之间的粗细也符合比例关系。

2）先曲后直。在描深同一种线型（特别是粗实线）时，应先描深圆弧和圆，然后描深直线，以保证连接圆滑。

3）先水平、后垂直。先用丁字尺自上而下画出全部相同线型的水平线，再用三角板自左向右画出全部相同线型的垂直线，最后画出倾斜的直线。

4）画箭头、填写尺寸数字、画标题栏等，此步骤可将图纸从图板上取下来进行。

### 知识拓展 椭圆的画法（四心近似画法）

已知相互垂直且平分的长轴和短轴，椭圆的近似画法（四心近似画法）如图 2-28 所示。

1）画出长轴 *AB* 和短轴 *CD*；连接 *AC*，并在 *AC* 上截取 *CF*，使其等于 *AO* 与 *CO* 之差 *CE*。

2）作 *AF* 的垂直平分线，使其分别交 *AO* 和 *OD*（或其延长线）于 1 和 2 点；以 *O* 为对称中心，找出 1 的对称点 3 及 2 的对称点 4，此 1、2、3、4 各点即为所求的四圆心；通过 2 和 1、2 和 3、4 和 1、4 和 3 各点，分别作连线。

3）分别以 2 和 4 为圆心，2*C*（或 4*D*）为半径画两弧；再分别以 1 和 3 为圆心，1*A*（或 3*B*）为半径画两弧，使所画四弧的接点，分别位于 21、23、41 和 43 的延长线上，即得所求的椭圆。

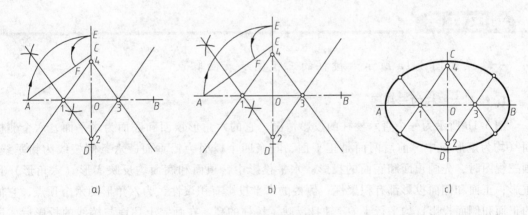

a)            b)            c)

图 2-28 椭圆的画法

机械制图（通用）

# 课题三  基本体

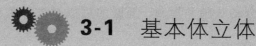

## 3-1  基本体立体

### 学习目标

1. 理解投影法的概念及正投影的特性，初步掌握三视图的形成、三视图之间的关系及简单形体三视图的作图方法。

2. 对照简单零件的模型绘制其三视图。

3. 掌握棱柱、棱锥、圆柱、圆锥、球的视图画法，并熟悉基本体表面上求点的方法。

### 制图任务

一、绘制图 3-1a 所示六棱柱的三视图及表面取点

**1. 绘制六棱柱的三视图**

图 3-1b 所示为一个直六棱柱的投影情况。它的六角形顶面和底面为水平面，六个侧棱面（均为矩形）中，前后两面是正平面，其余四个棱面为铅垂面，六条侧棱线为铅垂线。画三视图时，先画顶面和底面的投影。水平投影中，顶面和底面均反映实形（六角形）且重影；正面和侧面投影都有积聚性；侧棱的水平投影有积聚性，为六角形的六个顶点，它们的正面和侧面投影，均平行于 $OZ$ 轴且反映了棱柱的高。在画完上述面与棱线的投影后，即得该六棱柱的三视图，如图 3-1c 所示。

绘制步骤：

1）作中心线及俯视图，如图 3-2a 所示。

2）作底面的主视图和左视图，如图 3-2b 所示。

3）最后完成主视图和俯视图，如图 3-2c 所示。

**2. 求作六棱柱表面点的投影**

当点属于几何体的某个表面时，该点的投影必在它所从属的表面的各同面投影范围内。若该表面的投影为可见，则该点的同面投影也可见；反之为不可见。因此在求体表面上点的

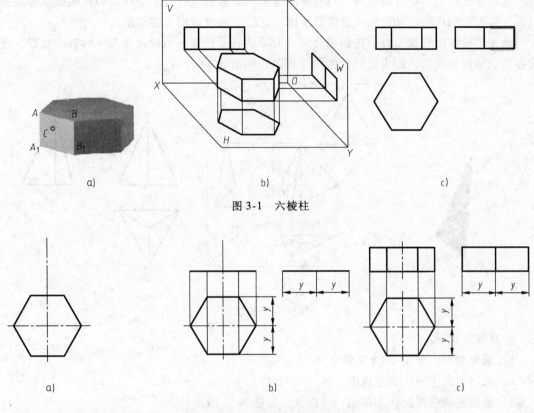

图 3-1 六棱柱

图 3-2 绘制六棱柱三视图

投影时，应首先分析该点所在平面的投影特性，然后再根据点的投影规律求得。

根据图 3-1a 可知点 $C$ 属于平面 $AA_1B_1B$（铅垂面），是六棱柱的左前侧棱面，即可判定点 $C$ 的正面投影 $c'$ 和侧面投影 $c''$ 可见，水平投影 $c$ 必落在该平面有积聚性的水平投影 $aa_1b_1b$ 上。

如图 3-3 所示，作图步骤如下：

1）作点 $C$ 的正面投影 $c'$（已知）。

2）由点 $c'$ 向下引垂线与 $ab$ 直线相交得点 $c$，即为点 $C$ 的水平投影。

3）由 $c'$、$c$ 求出 $c''$。

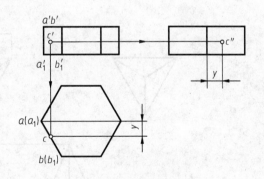

图 3-3 六棱柱表面求点

## 二、绘制图 3-4a 所示三棱锥的三视图及表面取点

### 1. 绘制三棱锥的三视图

图 3-4b 所示为正三棱锥的投影情况。它由底面 $\triangle ABC$ 和三个相等的棱面 $\triangle SAB$、$\triangle SBC$、$\triangle SAC$ 所组成。底面 $\triangle ABC$ 为水平面，其水平投影反映实形，正面和侧面投影积聚

为一直线。棱面△SAC 为侧垂面，因此侧面投影积聚为一直线，水平投影和侧面投影都是类似形。棱面△SAB 和△SBC 为一般位置平面，它的三面投影均为类似形。

画正三棱锥的三视图时，先画出底面△ABC 的各个投影，再画出锥顶 S 的各个投影，连接各顶点的同面投影，即为正三棱锥的三视图，如图 3-4c 所示。

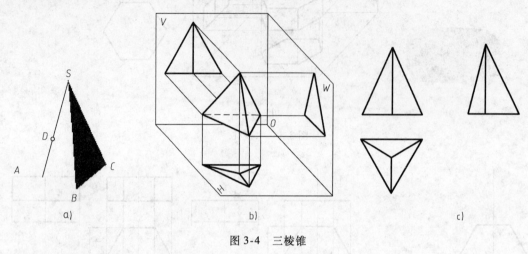

图 3-4  三棱锥

绘制步骤如下：

1）画俯视图，如图 3-5a 所示。

2）画底面的主视图和左视图，如图 3-5b 所示。

3）最后完成主视图和左视图，并描深，如图 3-5c 所示。

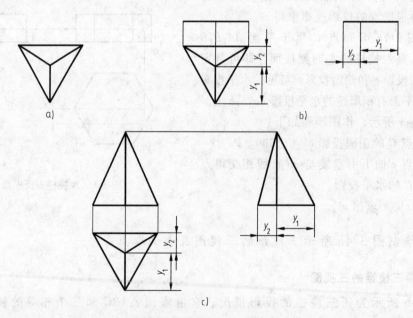

图 3-5  绘制三棱锥三视图

**2. 求作三棱锥表面点的投影**

正三棱锥的表面有特殊位置平面，也有一般位置平面。属于特殊位置平面的点的投影，可利用该平面投影的积聚性直接作图。属于一般位置平面的点的投影，可通过在平面上作辅助线的方法求得。

根据图 3-4a 可知，点 $D$ 属于平面 $SAB$，是三棱锥的左前侧棱面，即可判定点 $D$ 的正面投影 $d'$ 和侧面投影 $d''$ 可见。

如图 3-6 所示，作图步骤如下：

1）画出点 $D$ 的正面投影 $d'$（已知）。
2）连接 $s'd'$ 并延长交 $a'b'$ 于点 $e'$。
3）由 $e'$ 向下作垂线，交 $ab$ 于点 $e$。
4）根据点的投影规律求出 $d''$。

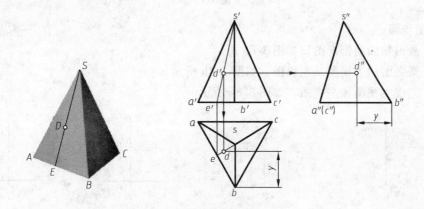

图 3-6　三棱锥表面求点

### 三、绘制图 3-7a 所示圆柱的三视图及表面取点

**1. 绘制圆柱的三视图**

图 3-7b 所示为一个圆柱的投影情况。由于圆柱轴线是铅垂线，圆柱面上所有素线都是铅垂线，因此，圆柱面的水平投影有积聚性，成为一个圆。也就是说，圆周上的任一点，都对应圆柱面上某一位置素线的水平投影。同时，圆柱顶面、底面（水平面）的投影（反映实形），也与该圆相重合。

圆柱面上最前、最后素线的投影把圆柱面分为左右两半，其 $W$ 面投影左半可见，右半不可见。最前、最后素线的侧面投影为两条线，与顶面、底面的投影积聚成的直线形成一个矩形，两素线正面投影和轴线的正面投影重合（不需画出其投影），两素线水平投影在中心线和圆周的交点处，积聚成点。主视图的矩形线框与此类似。

画圆柱的三视图时，一般先画投影具有积聚性的圆，再根据投影规律和圆柱的高度完成其他两视图，如图 3-7c 所示。

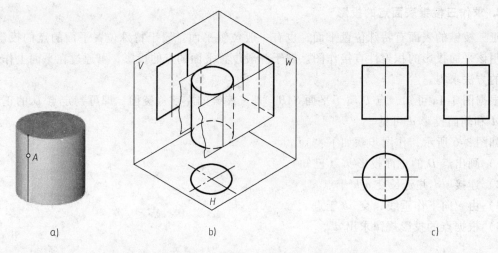

图 3-7　圆柱

绘图步骤：

1）画出轴线和俯视图，如图 3-8a 所示。

2）画底面的主视图及左视图，如图 3-8b 所示。

3）完成主视图和左视图，如图 3-8c 所示。

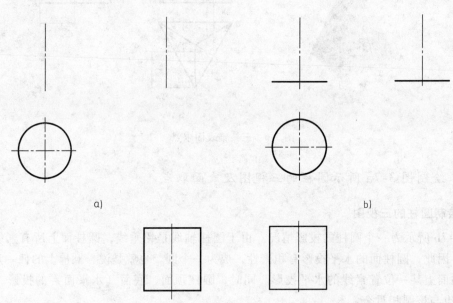

图 3-8　绘制圆柱三视图

### 2. 求作圆柱表面点的投影

根据图 3-7a 可知，点 A 在圆柱的最左素线上，由于圆柱面的水平投影积聚成圆，故点 A 的水平投影必定在此圆上，再根据点的投影规律即可求出其侧面投影。

如图 3-9 所示，作图步骤如下：

1）画出点 A 的正面投影 $a'$（位于圆柱最左素线上，已知）。

2）由点 $a'$ 向下引铅垂线交圆的最左点 $a$，即点 A 的水平投影 $a$。

3）由 $a'$、$a$ 可求出 $a''$。

### 四、绘制图 3-10a 所示圆锥的三视图及表面取点

#### 1. 绘制圆锥的三视图

图 3-10b 所示为一个圆锥的投影情况。圆锥的底面为水平面，在水平面的投影显实；圆锥面最前、最后素线是圆锥面的侧面投影可见与不可见部分的分界线；因其是侧平线，其投影反映实长，并与底面的侧面投影积聚成的直线形成一个三角形。两素线正面投影与轴线正面投影重合（不需画出其投影），水平投影亦如此。主视图三角形线框与此类似。

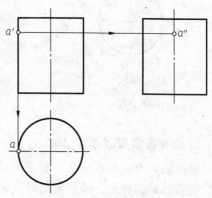

图 3-9　圆柱表面求点

画圆锥的三视图时，先画出圆锥底面的各个投影，再画出锥顶点的投影，然后分别画出特殊位置素线的投影，即完成圆锥的三视图，如图 3-10c 所示。

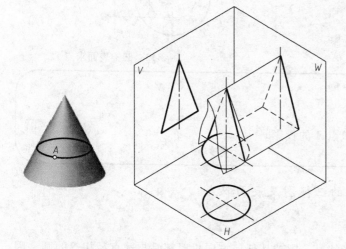

a)　　　　　　　　b)

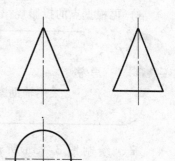

c)

图 3-10　圆锥

绘图步骤：

1）画轴线和俯视图，如图 3-11a 所示。

2）画主视图和左视图（两个一样大小的三角形），如图 3-11b 所示。

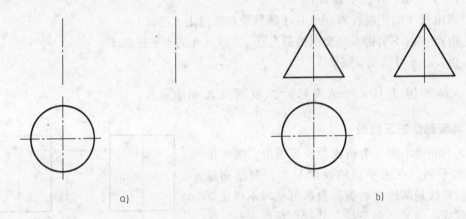

图 3-11　绘制圆锥三视图

**2. 求作圆锥表面点的投影**

根据图 3-10a 可知，点 A 在左前半部分圆锥面上，其三面投影均为可见，采用辅助圆法求其投影。

如图 3-12 所示，作图步骤如下：

1）点 A 在左前半部分圆锥面上，先画出点 A 的正面投影 $a'$（已知）。

2）过点 A 作一平面平行于底圆，此平面与圆锥面的交线为一个圆，称之为纬圆。

3）由 $a'$ 向下作垂线交纬圆于点 a。

4）再根据点的投影规律求出点 $a''$。

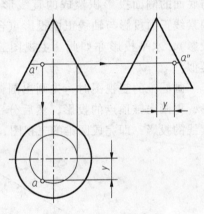

图 3-12　圆锥表面求点

**思考**

采用辅助素线法求点 A 的投影。

五、绘制图 3-13a 所示圆球的三视图及表面取点

**1. 求作圆球的三视图**

图 3-13b 所示为一个圆球的投影情况。圆球从任何方向投射都是与球直径相等的圆，因此其三面视图都是等半径的圆，而其各个投影面上的圆，是三个方向球的轮廓素线圆的投影。正面投影的圆是平行于 V 面的圆素线（前、后两半球的分界线，圆球面正面投影可见与不可见的分界线）的投影；按此作类似地分析，水平投影的圆，是平行于 H 面的圆素线

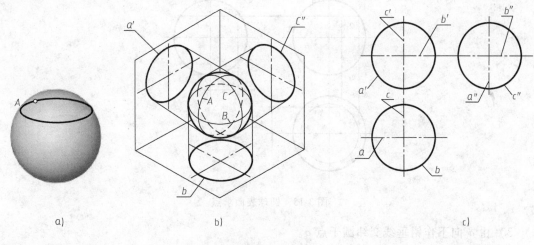

图 3-13 圆球

的投影；侧面投影的圆，是平行于 $W$ 面的圆素线的投影。这三条圆素线的其他两面投影，都与圆的相应中心线重合，如图 3-13c 所示。

绘图步骤：

1）画轴线和俯视图（圆）（此圆是平行于 $H$ 面的圆素线的投影），如图 3-14a 所示。

2）画主视图和左视图（两个一样大小的圆）（分别是平行于 $V$ 面和 $W$ 面的圆素线的投影），如图 3-14b 所示。

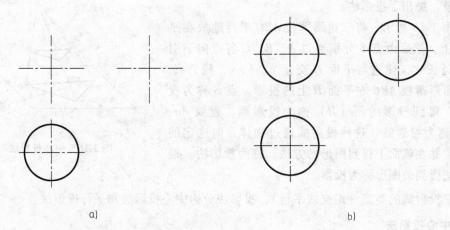

图 3-14 绘制圆球三视图

**2. 求作圆球表面点的投影**

根据图 3-13a 可知点 $A$ 在后半球的左上部分，因此点 $A$ 的水平面投影和侧面投影均为可见，但正面投影不可见，采用辅助圆法求其投影。

如图 3-15 所示，作图步骤如下：

1）先画出点 $A$ 的正面投影 $a'$（已知）。

2）过点 $A$ 作一水平面，此平面与球面的交线为一个圆，即为纬圆。

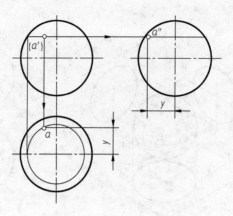

图 3-15　圆球表面求点

3）由 $a'$ 向下作铅垂线交纬圆于点 $a$。

4）再根据点的投影规律求出点 $a''$。

## 知识链接

### 一、投影法

当日光或灯光照射物体时，在地面或墙面上就会出现物体的影子，这就是我们在日常生活中所见到的投影现象。人们将这种现象进行科学的总结和抽象，提出了投影法。

如图 3-16 所示，将三角形薄板 $ABC$ 平行地放在平面 $H$ 之上，然后由点 $S$ 分别通过 $A$、$B$、$C$ 各点向下引直线并延长之，使它与平面 $H$ 交于 $a$、$b$、$c$，则 $\triangle abc$ 就是三角形薄板 $ABC$ 在平面 $H$ 上的投影。点 $S$ 称为投射中心，得到投影的面（$H$）称为投影面，直线 $Aa$、$Bb$、$Cc$ 称为投射线。这种投射线通过物体，向选定的面投射，并在该面上得到图形的方法，称为投影法。根据投影法得到的图形称为投影。

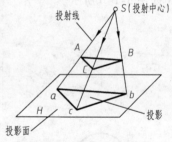

图 3-16　中心投影法

根据投射线的类型（汇交或平行），投影法分为中心投影法和平行投影法。

**1. 中心投影法**

投射线汇交一点的投影法，称为中心投影法。用这种方法所得的投影称为中心投影，如图 3-16 所示。

**2. 平行投影法**

投射线相互平行的投影法，称为平行投影法。在平行投影法中，按投射线是否垂直于投影面，又可分为斜投影法和正投影法。

（1）斜投影法　投射线与投影面相倾斜的平行投影法。根据斜投影法所得到的图形，称为斜投影或斜投影图，如图 3-17a 所示。

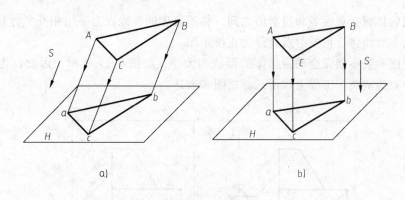

图 3-17　平行投影法

a）斜投影法　b）正投影法

（2）正投影法　投射线与投影面相垂直的平行投影法。根据正投影法所得到的图形，称为正投影或正投影图，如图 3-17b 所示，可简称为投影。

由于正投影法的投射线相互平行且垂直于投影面，所以，当空间平面图形平行于投影面时，其投影将反映该平面图形的真实形状和大小，即使改变它与投影面之间的距离，其投影形状和大小也不会改变。因此，绘制机械图样主要采用正投影法。

正投影具有如下基本性质：

1）显实性。当直线或平面与投影面平行时，则直线的投影反映实长，平面的投影反映实形的性质，称为显实性（图 3-18a）。

2）积聚性。当直线或平面与投影面垂直时，则直线的投影积聚成一点或平面的投影积聚成一条直线的性质，称为积聚性（图 3-18b）。

3）类似性。当直线或平面与投影面倾斜时，其直线的投影长度变短、平面的投影面积变小，但投影的形状仍与原来的形状相类似，这种投影性质称为类似性（图 3-18c）。

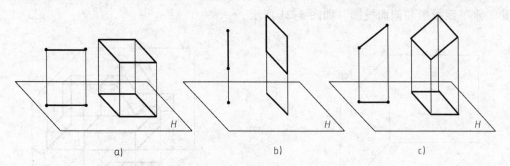

图 3-18　正投影的基本性质

a）显实性　b）积聚性　c）类似性

## 二、视图

### 1. 三视图的形成

用正投影法绘制的物体的图形，称为视图。视图并不是观察者看物体所得到的直觉印象，而是把物体放在观察者和投影面之间，将观察者的视线视为一组相互平行且与投影面垂直的投射线，对物体进行投射所获得的正投影图。

一面视图一般不能完全确定物体的形状和大小，如图 3-19 所示，因此，为了将物体的形状和大小表达清楚，工程上常用三面视图来表达。

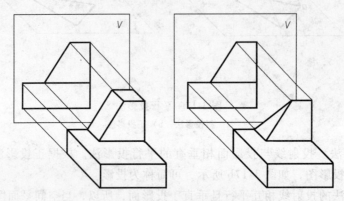

图 3-19　一面视图投影

由三个互相垂直的投影面组成三投影面体系，如图 3-20 所示。这三个投影面分别为正立投影面（简称正面或 $V$ 面）、水平投影面（简称水平面或 $H$ 面）、侧立投影面（简称侧面或 $W$ 面）。

三个投影面之间的交线称为投影轴。$V$ 面与 $H$ 面的交线称为 $OX$ 轴（简称 $X$ 轴），它代表物体的长度方向；$H$ 面与 $W$ 面的交线称为 $OY$ 轴（简称 $Y$ 轴），它代表物体的宽度方向；$V$ 面与 $W$ 面的交线称为 $OZ$ 轴（简称 $Z$ 轴），它代表物体的高度方向。三根投影轴互相垂直，其交点 $O$ 称为原点。

将物体放置在三投影面体系中，按正投影法向各投影面投射，即可分别得到物体的正面投影、水平面投影和侧面投影，如图 3-21 所示。

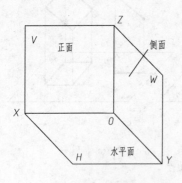

图 3-20　三投影面体系

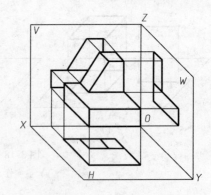

图 3-21　三面投影的获得

为了画图方便，需将互相垂直的三个投影面展开在同一个平面上。规定 $V$ 面保持不动，$H$ 面绕 $OX$ 轴向下旋转 $90°$，$W$ 面绕 $OZ$ 轴向右旋转 $90°$，如图 3-22a 所示，使 $H$ 面、$W$ 面与 $V$ 面在同一个平面上（这个平面就是图纸），这样就得到了如图 3-22b 所示的三投影面展开

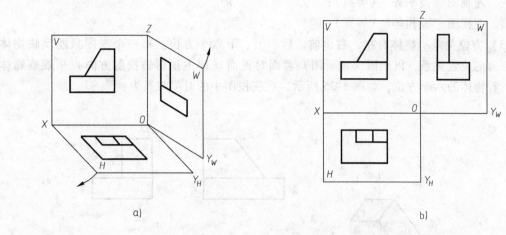

图 3-22　三视图的形成

后的三视图。应注意，$H$ 面和 $W$ 面在旋转时，$OY$ 轴被分为两处，分别用 $OY_H$（在 $H$ 面上）和 $OY_W$（在 $W$ 面上）表示。

　　物体在 $V$ 面上的投影，也就是由前向后投影所得的视图，称为主视图；物体在 $H$ 面上的投影，也就是由上向下投射所得的视图，称为俯视图；物体在 $W$ 面上的投影，也就是由左向右投射所得的视图，称为左视图。画图时，不必画出投影面的范围，因为它的大小与视图无关。这样，三视图则更为清晰，如图 3-23 所示。

**2. 三视图之间的对应关系**

（1）位置关系　以主视图为准，俯视图在它的正下方，左视图在它的正右方。

（2）投影关系　从三视图的形成过程中可以看出，物体有长、宽、高三个尺度，但每个视图只能反映其中的两个，即主视图反映物体的长度（$X$）和高度（$Z$），俯视图反映物体的长度（$X$）和宽度（$Y$），左视图反映物体的宽度（$Y$）和高度（$Z$），如图 3-24 所示。

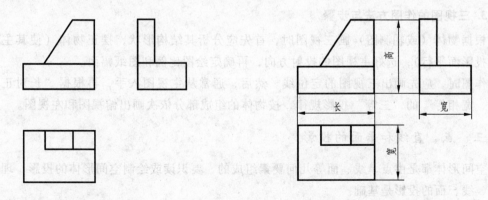

图 3-23　三视图　　　　　　　図 3-24　三视图的投影规律

　　由此可归纳得出三视图之间的投影规律，也称"三等"规律，即

　　主、俯视图"长对正"（等长）；

主、左视图"高平齐"（等高）；

俯、左视图"宽相等"（等宽）。

（3）方位关系　物体有左、右、前、后、上、下六个方位。每一个视图只能反映物体两个方向的位置关系，以绘图（或看图）者面对正面（即主视图的投射方向）来观察物体为准，看物体的六个方位，如图 3-25 所示，在三视图中的对应关系为：

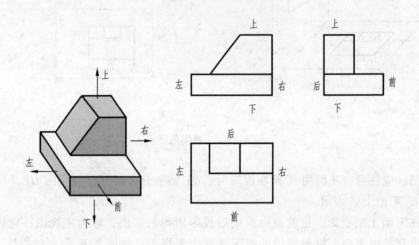

图 3-25　三视图与物体的方位关系

主视图反映物体的上、下和左、右；

俯视图反映物体的左、右和前、后；

左视图反映物体的上、下和前、后。

由此可知，俯、左视图靠近主视图的一边（里边），均表示物体的后面；远离主视图的一边（外边），均表示物体的前面。

**3. 三视图的作图方法与步骤**

根据物体（或轴测图）画三视图时，首先应分析其结构形状，摆正物体（使其主要表面与投影面平行），选好主视图的投射方向，再确定绘图比例和图纸幅面。

作图时，应先画出三视图的定位线。然后，通常从主视图入手，再根据"长对正、高平齐、宽相等"的"三等"投影规律，按物体的组成部分依次画出俯视图和左视图。

**三、点、直线和平面的投影**

空间形体都是由点、线、面等几何要素组成的，要识读或绘制空间形体的投影，理解掌握点、线、面的投影是基础。

**1. 点的投影**

（1）点的投影特征及标记　点的投影仍然是点。如图 3-26 所示，过空间点 $A$ 分别向三投影面投影，得到三个投影点，分别为 $a$、$a'$、$a''$，其中 $a$ 是水平投影面的投影，$a'$ 是

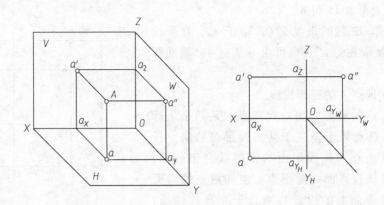

图 3-26 点的三面投影

正投影面的投影，$a''$是侧投影面的投影。它同样满足投影规律，即长对正、高平齐、宽相等。

（2）点的投影规律 如图 3-27 所示，$Aa = a'a_X = a''a_Y = Z$ 坐标，反映点 $A$ 到 $H$ 面的距离；$Aa' = aa_X = a''a_Z = Y$ 坐标，反映点 $A$ 到 $V$ 面的距离；$Aa'' = aa_Y = a'a_Z = X$ 坐标，反映点 $A$ 到 $W$ 面的距离。空间点 $A$ 到三个投影面的距离 $Aa''$、$Aa'$、$Aa$ 可用点 $A$ 的三个直角坐标 $x_A$、$y_A$ 和 $z_A$ 表示，记为 $(x_A, y_A, z_A)$。

同时有 $a'a$ 垂直于 $OX$ 轴，$a'a''$垂直于 $OZ$ 轴，$aa_X = aa''_Y$。

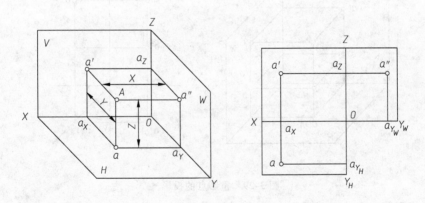

图 3-27 点的投影规律

通过以上分析，可总结出点的投影规律：

1）点的两面投影的连线，必定垂直于相应的投影轴。

2）点的投影到投影轴的距离，等于空间点到相应的投影面的距离。

【例 3-1】 已知空间点 $A$ (11，8，15)，求作它的三面投影。

作图步骤（图 3-28）：

1）由原点 $O$ 向左沿 $OX$ 轴量取 11 得 $a_X$。过 $a_X$ 作 $OX$ 轴的垂线，在垂线上自 $a_X$ 向前量取 8 得 $a$，向上量取 15 得 $a'$。

2）过 $a'$ 作 $OZ$ 轴的垂线交 $OZ$ 轴于 $a_Z$，在垂线上自 $a_Z$ 向前量取 8 的 $a''$（也可由 $a$ 通过 45° 辅助线求得）。

$a$、$a'$、$a''$ 即点 $A$ 的三面投影。

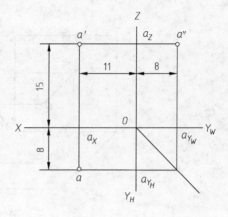

图 3-28　根据点的坐标作投影图

（3）重影点的投影　当空间两点的某两个坐标值相同时，该两点处于垂直于某一投影面的同一投射线上，则这两点对该投影面的投影重合于一点，这两点称为对该投影面的重影点。空间两点的同面投影（同一投影面上的投影）重合于一点的性质，称为重影性。

重影点有可见性的问题。在投影图上，如果两个点的同面投影重合，则对重合投影所在投影面的距离（即对该投影面的坐标值）较大的那个点是可见的，而另一点是不可见的，加圆括号表示，如 $(a)$、$(b)$、$(b')$。

如图 3-29 所示，$A$、$B$ 两点的水平面投影 $a$ 和 $b$ 重影成一点，点 $A$ 在点 $B$ 的正上方，所以两点的水平面投影中，$a$ 是可见的，$b$ 是不可见的，用 $(b)$ 表示。

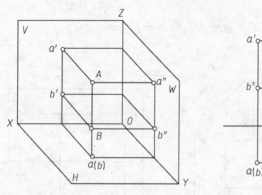
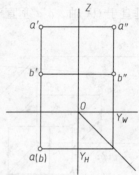

图 3-29　重影点的投影

## 2. 直线的投影

直线的投影一般仍为直线（特殊情况，投影积聚为一点）。可由直线上两点的同面投影（即同一投影面上的投影）来确定。因空间一直线可由直线上的两点来确定，所以直线的投影也可由直线上任意两点的投影来确定。

如图 3-30 所示，求出直线 $AB$ 上两点 $A$、$B$ 的三面投影，再连接两点的三面投影，即得直线 $AB$ 的三面投影：水平投影 $ab$、正面投影 $a'b'$、侧面投影 $a''b''$，其投影如图 3-30b 所示。

（1）一般位置直线　对三个投影面都倾斜的直线，称为一般位置直线。其三面投影都与投影轴倾斜，三个投影的长度都小于实长，具有收缩性。

（2）特殊位置直线　特殊位置直线包括投影面垂直线和投影面平行线，见表 3-1。

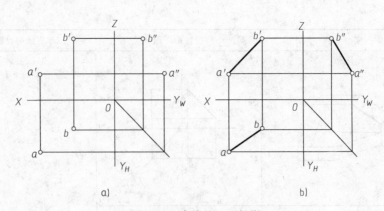

图 3-30　直线的三面投影

a) 两点的投影　b) 直线的投影

表 3-1　特殊位置直线的投影特征

| 名称 | | 实　例 | 投　影　图 | 直线的投影特性 |
|---|---|---|---|---|
| 投影面垂直线 | 正垂线 | | | |
| | 铅垂线 | | | 1) 直线在所垂直的投影面上投影有积聚性<br>2) 直线在其他两面上的投影反映线段实长,且垂直于相应的投影轴 |
| | 侧垂线 | | | |

（续）

| 名称 | 实 例 | 投 影 图 | 直线的投影特性 |
|---|---|---|---|
| 投影面平行线 正平线 | 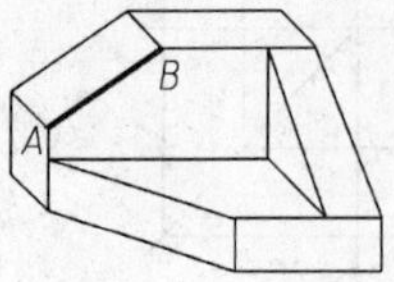 | 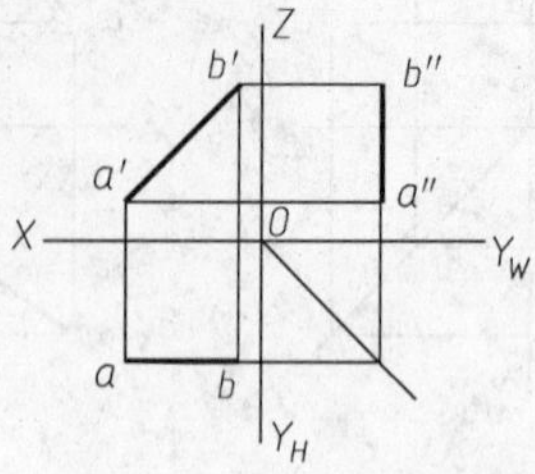 | |
| 投影面平行线 水平线 | 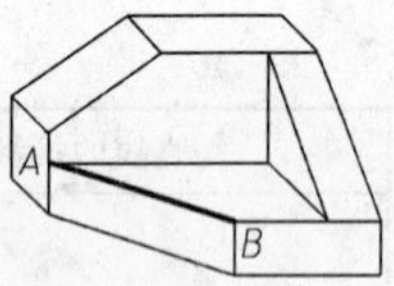 | 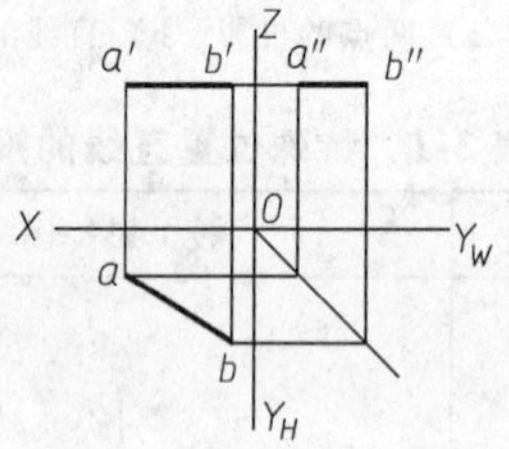 | 1）直线在所平行的投影面上的投影反映实长<br>2）直线在其他两面上的投影平行于相应的投影轴 |
| 投影面平行线 侧平线 | 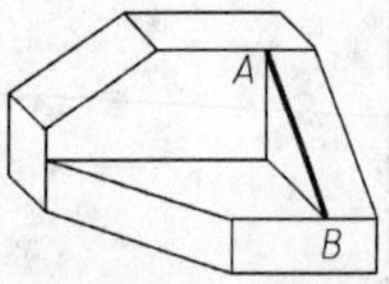 | 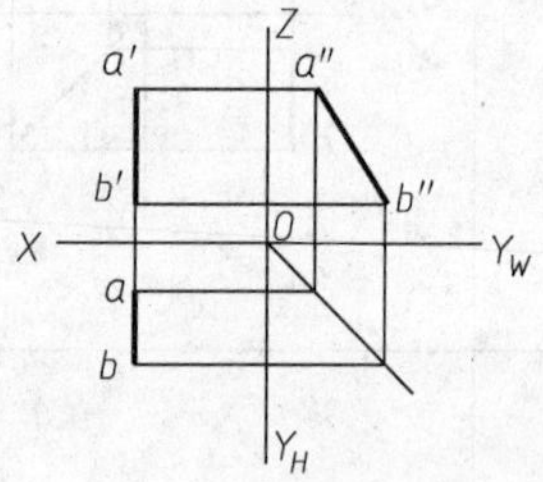 | |

### 3. 平面的投影

不属于同一直线的三个点可确定一平面。工程上的平面多指有限面，因此本书所指平面图形也是有限面。平面图形的边和顶点，是由一些线段（直线段或曲线段）及其交点组成的。因此，这些线段的投影的集合，就表示了该平面图形。先画出平面图形各顶点的投影，然后将各点同面投影依次连接，即得平面图形的投影。

各种位置平面的投影也具有不同的投影特征：

（1）一般位置平面　对三个投影面都倾斜的平面称为一般位置平面。其三面投影都是比原形小的类似图形，具有类似性，如图3-31所示。

（2）特殊位置平面　特殊位置平面包括投影面垂直面和投影面平行面，见表3-2。

### 四、几何体的投影

几何体分为平面立体和曲面立体。表面均为平面的立体称为平面立体，表面为曲面或曲面与平面构成的立体称为曲面立体。

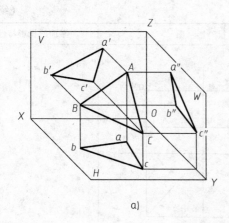 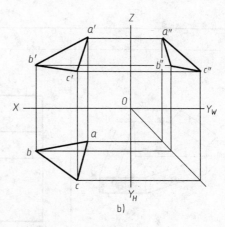

a)　　　　　　　　　　b)

图 3-31　平面的投影

表 3-2　特殊位置平面的投影特征

| 名称 | | 实　例 | 投　影　图 | 平面的投影特性 |
|---|---|---|---|---|
| 投影面垂直面 | 正垂面 | | | |
| | 铅垂面 | | | 1)平面在所垂直的投影面上的投影,积聚成直线<br>2)平面的其他两面投影均为原形的类似形 |
| | 侧垂面 | | | |

43

（续）

| 名称 | 实 例 | 投 影 图 | 平面的投影特性 |
|---|---|---|---|
| 投影面平行面 正平面 | | | |
| 水平面 | | | 1）平面在所平行的投影面上的投影反映实形<br>2）平面的其他两面投影均积聚成直线，且平行于相应的投影轴 |
| 侧平面 | | | |

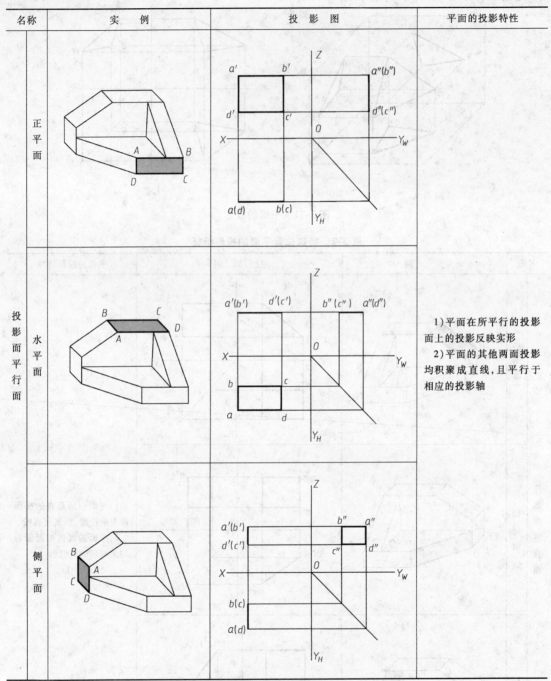

### 1. 平面立体

平面立体由平面围成，例如，棱柱、棱锥都是平面立体。绘制平面立体的三视图可归结为绘制各个表面（棱面）的投影的集合。由于平面图形由直线段组成，而每条线段都可由其两端点确定，因此，作平面立体的三视图又可归结为求作其各表面的交线（棱线）及顶点的投影的集合。

在立体的三视图中，有些表面交线处于不可见位置，在图中须用虚线表示。

**2. 曲面立体**

由一条母线（直线或曲线）围绕轴线回转而形成的表面称为回转面；由回转面或回转面与平面所围成的立体称为回转体。圆柱、圆锥和圆球都是回转体。

## 五、基本体的尺寸标注

平面立体一般需标注长、宽、高三个方向的尺寸。对于棱柱、棱锥等，除高度方向尺寸外，顶面和底面的形状大小也要表现出来。正多边形用其外接圆直径表达。回转体如圆柱、圆锥、球体等的尺寸标注应注出高和底圆直径，见表3-3。

**表3-3　基本体的尺寸标注**

| 平面立体 | | 曲面立体 | |
|---|---|---|---|
| 立体图 | 三视图 | 立体图 | 三视图 |
|  三棱柱 |  左视图可省略 |  圆柱 |   俯视图和左视图可省略 |
|  六棱柱 |  左视图可省略（俯视图两个尺寸只标注一个） |  圆锥 |   俯视图和左视图可省略 |

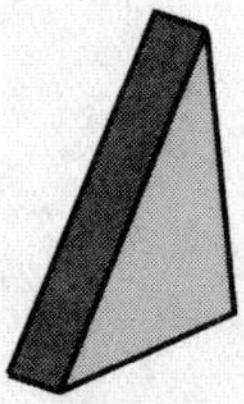

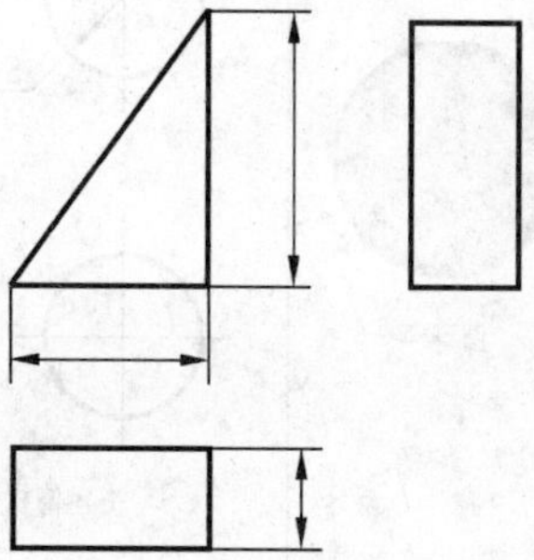

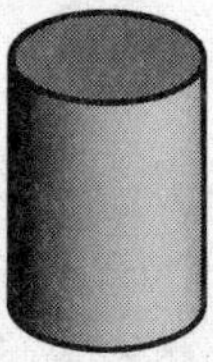

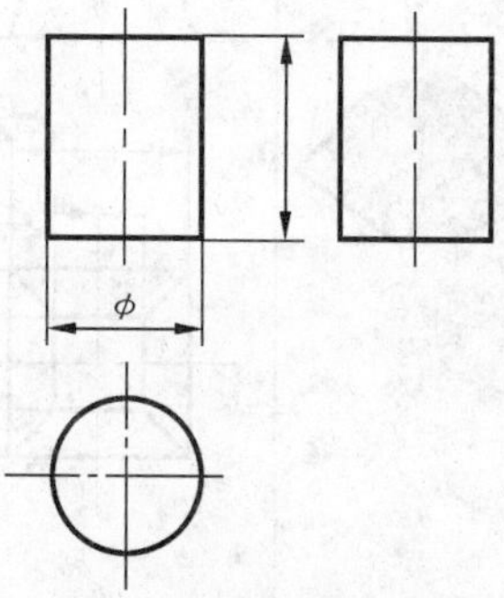

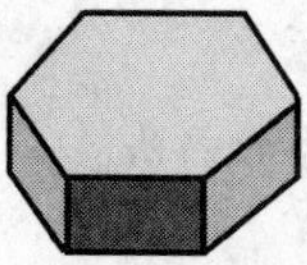

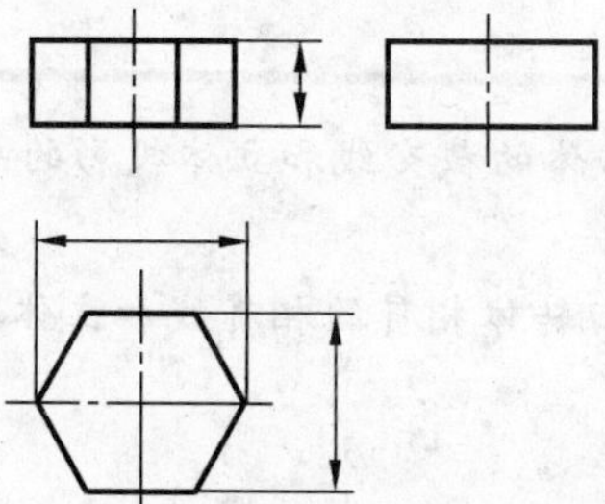

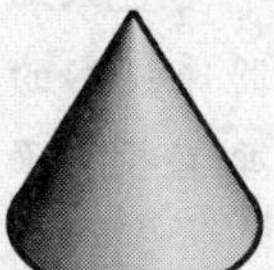

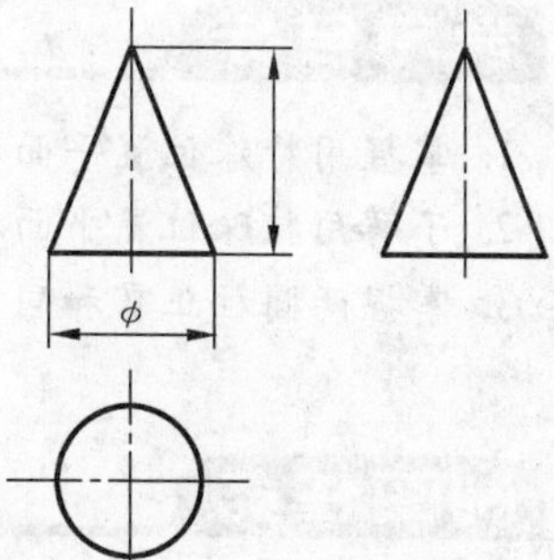

（续）

| 平面立体 | | 曲面立体 | |
|---|---|---|---|
| 立体图 | 三视图 | 立体图 | 三视图 |
| 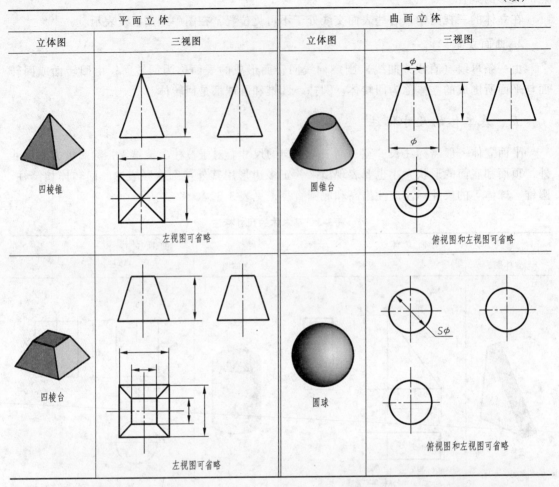四棱锥 | 左视图可省略 | 圆锥台 | 俯视图和左视图可省略 |
| 四棱台 | 左视图可省略 | 圆球 | 俯视图和左视图可省略 |

 **3-2  立体的表面交线**

## 学习目标

1. 掌握用特殊位置平面截切平面立体和回转体的截交线和立体投影的画法。
2. 了解用特殊位置平面截切圆球投影的画法。
3. 掌握两圆柱正贯和同轴（垂直投影面）回转体相贯的相贯线和立体投影的画法。

## 制图任务

### 一、绘制图 3-32a 所示正三棱锥的截交线

如图 3-32a 所示，正三棱锥被正垂面 P 截切，截交线是三角形，其三个顶点分别是截平

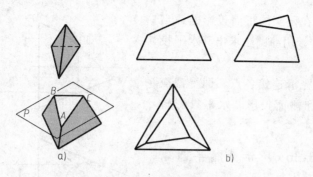

图 3-32 正三棱锥的截交线

面与三棱锥上三条侧棱的交点。因此，作平面立体的截交线的投影，实质上就是求截平面与平面立体上各被截棱线的交点的投影。

作图步骤（图 3-33）：

1）利用截平面的积聚性投影，先找出截交线各顶点的正面投影 $a'$、$b'$、$c'$。根据属于直线上的点（$A$、$B$、$C$ 三点分别属于三棱锥的三个棱线）的投影特性，求出各顶点的水平投影 $a$、$b$、$c$ 及侧面投影 $a''$、$b''$、$c''$。

2）依次连接各顶点的同面投影，即得截交线的投影。此外，还需考虑形体其他轮廓的投影及其可见性问题，直至完成三视图。

### 二、绘制图 3-34a 所示圆锥的截交线

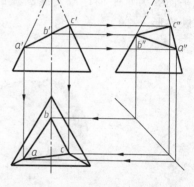

图 3-33 正三棱锥截交线的画法

如图 3-34 所示，正垂面斜切圆锥，截面与所有素线都相交，交线是椭圆，其正面投影具有积聚性，水平投影和侧面投影仍为椭圆。

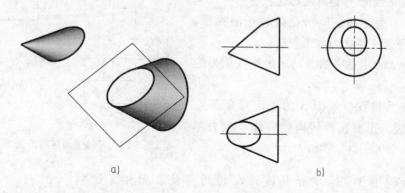

图 3-34 圆锥的截交线

作图步骤（图 3-35）：

1）求特殊点。正面投影转向轮廓线上的 Ⅰ、Ⅱ 两点是截交线椭圆长轴上的点，也是最高和最低点；Ⅲ、Ⅳ 两点是圆锥水平投影转向轮廓上的点，它们可直接求得；Ⅴ、Ⅵ 两点是截交线椭圆短轴上的两端点，同时也是最前和最后点，可用纬圆法求得。

47

2）求一般点。在截交线正面投影的适当位置取一般点 $7'$、$8'$，用纬圆法求出其水平投影和侧面投影。

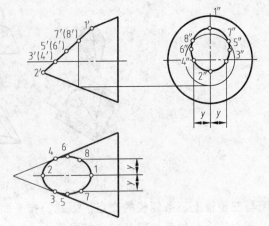

3）连线。依次光滑连接各点，即得截交线椭圆的水平投影和侧面投影。水平投影转向轮廓要画至点 3、4。

图 3-35　圆锥截交线的画法

**三、绘制图 3-36a 所示开槽半圆球的截交线**

截平面 $P$、$Q$ 前后对称且平行于正投影面，因此，截交线的正面投影重影为一圆弧；截平面 $S$ 为水平面，截交线圆弧的水平投影反映实形。

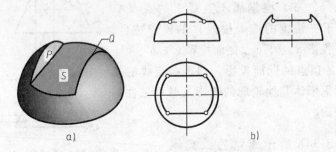

图 3-36　开槽半圆球的截交线

作图步骤（图 3-37）：

1）以截平面 $P$ 与侧面投影轮廓线的交点至轴线的距离 $R$ 为半径，画出交线的正面投影，同时求出截平面 $P$、$Q$ 的水平投影。

2）同理，求出截平面 $S$ 与球面交线圆弧的水平投影。

3）检查后描深。截面 $S$ 的正面投影不可见，画成虚线，正面投影转向轮廓线被截去部分不能画出。

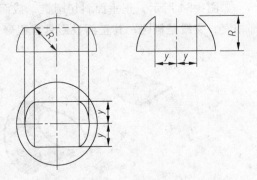

图 3-37　开槽半圆球的截交线的画法

**四、绘制图 3-38a 所示轴线正交的两圆柱表面相贯线**

两圆柱轴线垂直相交，且分别垂直于水平投影面和侧立投影面，因此，相贯线的侧面投影与小圆柱的侧面投影重合；同理，相贯线的水平投影为一圆弧；相贯线前后对称，因此正面投影前后重合为一曲线段。

作图步骤（图 3-39）：

1）求特殊点。由侧面投影可知，点 I、II 分别是最高、最低点，同时也是两圆柱转向

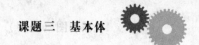

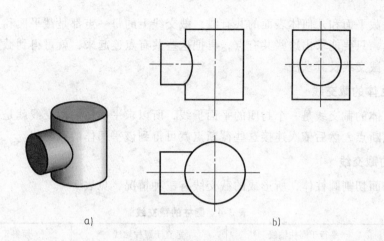

图 3-38　轴线正交的两圆柱表面相贯线

轮廓线的交点；点Ⅲ、Ⅳ分别是最前、最后点，同时也是最右点。

2）求一般点。在相贯线的水平投影上取一对重影点 5、（6），把它看成小圆柱表面上的点，即可求得侧面投影 5″、6″，由此可求得正面投影 5′、6′。

3）依次光滑连接，即完成相贯线的正面投影。

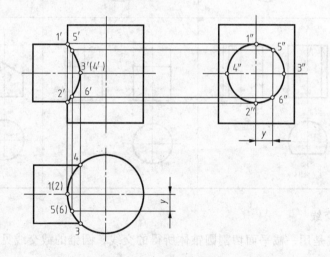

图 3-39　轴线正交的两圆柱表面相贯线的画法

**知识链接**

在机械零件上常存在一些交线。在这些交线中，有的是平面与立体表面相交而产生的交线（截交线），有的是两立体表面相交而形成的交线（相贯线）。了解这些交线的性质并掌握其画法，有助于我们正确地分析和表达机械零件的结构形状。

一、截交线

由平面截切几何体所形成的表面交线称为截交线，该平面称为截平面。

截交线是截平面和几何体表面的共有线，截交线上的每一点都是截平面和几何体表面的共有点。因此，只要能求出这些共有点，再把这些共有点连起来，就可得到截交线。下面介绍几种常见的截交线及其求法。

**1. 平面立体的截交线**

因为平面体的截交线是一个封闭的平面折线，所以求平面体的截交线就是要找出平面体上被截断的截断点，然后依次连接这些截断点就可得到该平面体的截交线。

**2. 圆柱的截交线**

用一截平面切割圆柱体，所形成的截交线有三种情况，见表 3-4。

表 3-4　圆柱的截交线

| 截平面位置 | 平行于圆柱轴线 | 垂直于圆柱轴线 | 倾斜于圆柱轴线 |
|---|---|---|---|
| 截交线 | 矩形 | 圆 | 椭圆 |
| 立体图 | | | |
| 投影图 | | | |

**3. 圆锥的截交线**

圆锥的截交线是用一截平面切割圆锥体所得的交线，圆锥的截交线见表 3-5。

表 3-5　圆锥的截交线

| 截平面位置 | 垂直于圆锥轴线 | 通过锥顶 | 平行于圆锥两素线 | 倾斜于轴线与所有素线相交 | 平行于圆锥一素线 |
|---|---|---|---|---|---|
| 截交线 | 圆 | 三角形 | 双曲线 | 椭圆 | 抛物线 |
| 立体图 | | | | | |

（续）

| 截平面位置 | 垂直于圆锥轴线 | 通过锥顶 | 平行于圆锥两素线 | 倾斜于轴线与所有素线相交 | 平行于圆锥一素线 |
|---|---|---|---|---|---|
| 截交线 | 圆 | 三角形 | 双曲线 | 椭圆 | 抛物线 |
| 投影图 | | | | | |

### 4. 圆球的截交线

用一截平面切割球，所形成的截交线都是圆。当截平面与某一投影面平行时，截交线在该投影面上的投影为一圆，在其他两投影面上的投影都积聚为直线；当截平面与某一投影面垂直时，截交线在该投影面上的投影积聚为直线，在其他两投影面上的投影均为椭圆，如图3-40所示。

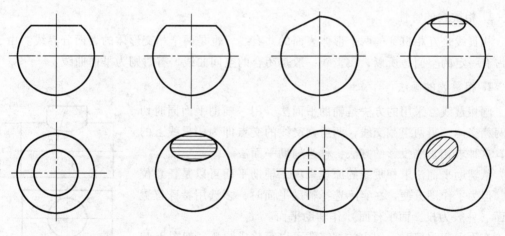

图 3-40　圆球的截交线

【例3-2】　完成图3-41a所示圆柱开槽后的水平投影和侧面投影。

图3-41a所示是多个平面切割圆柱体，左右两个对称的侧平面与圆柱轴线平行，截交线为矩形，侧面投影重影在一起；水平截平面与圆柱轴线垂直，截交线圆弧的水平投影反映实形。

作图步骤：

1）先求出截口的水平投影。注意水平截面与圆柱表面的截交线为圆弧而不是直线段。

2）由方槽的正面投影和水平投影求出截交线的侧面投影。

3）连线。水平截面的侧面投影不可见部分画虚线，其余部分画粗实线，轮廓线被切去的部分不能画出，如图3-41b所示。

51

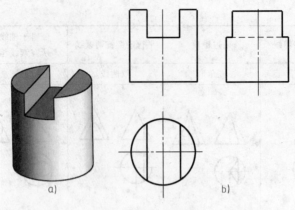

图 3-41　开槽圆柱

## 二、相贯线

相贯线也是机器零件的一种表面交线，与截交线不同的是，相贯线不是由平面切割几何体形成的，而是由两个几何体互相贯穿所产生的表面交线。零件表面的相贯线大都是圆柱、圆锥、球面等回转体表面相交而成。

### 1. 相贯线的特性

相贯线是互相贯穿的两个形体表面的共有线，也是两个相交形体的表面分界线。由于形体占有一定的空间，所以，相贯线一般是闭合的空间曲线，有时则为平面曲线。

### 2. 相贯线的画法

画相贯线常采用的方法是辅助平面法。用一辅助平面同时切割两相交体，得两组截交线，两组截交线的交点即为相贯线上的点，这种求相贯线投影的方法，称为辅助平面法。

从辅助平面法求相贯线的原理来说，辅助平面可以是任意位置。但为了作图方便，在实际选择辅助平面时，多选用特殊位置平面（一般为投影面平行面）作辅助平面。

在不引起误解时，图中的相贯线可以简化成圆弧，如图 3-42 所示，轴线正交且平行于正面的不等径两圆柱相贯，相贯线的正面投影可以用与大圆柱半径相等的圆弧来代替。

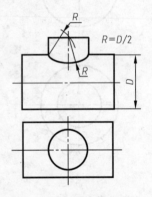

图 3-42　相贯线简化画法

正交圆柱的相贯线与两圆柱的相对大小变化有关，变化规律如图 3-43 所示。

在圆筒上钻有圆孔时，孔与圆筒外表面及内表面均有相贯线，在内表面产生的交线，称为内相贯线。内相贯与外相贯线的画法相同，如图 3-44 所示。

### 3. 相贯线的特殊情况

两回转体相交时，其相贯线一般为空间曲线，但在特殊情况下，也可能是平面曲线或直线。

当两个回转体具有公共轴线时，称为共轴相贯。如图 3-45a 所示，圆柱和球体属于共轴相贯，其相贯线为圆，正面投影积聚为一直线。图 3-45b 所示为一圆锥和圆柱共轴相贯，图 3-45c 所示为一圆锥和球体共轴相贯，其相贯线都是平面图形，在正面投影都积聚为一直线。

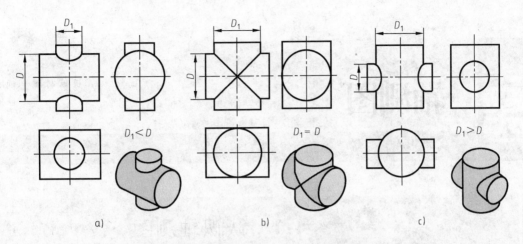

图 3-43　改变两圆柱直径大小时相贯线的变化

a) $D_1 < D$ 圆柱相贯　b) 等径圆柱相贯　c) $D_1 > D$ 圆柱相贯

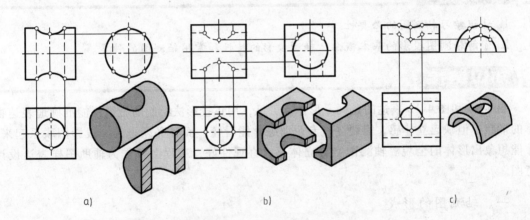

图 3-44　内外圆柱表面正交

a) 圆柱上穿孔　b) 孔与孔相交　c) 半圆柱套上穿孔

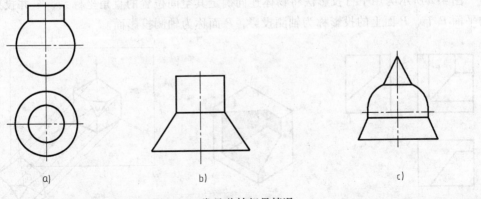

图 3-45　常见共轴相贯情况

a) 两回转体共轴相贯　b) 圆锥和圆柱共轴相贯　c) 圆锥和球体共轴相贯

# 课题四　轴测图

机械制图　（通用）

## 4-1　认识轴测图

### 学习目标

1. 认识学习轴测图的必要性。
2. 了解轴测图投影的基本概念、轴测投影的特性和常用轴测图的种类。

### 知识链接

图 4-1a 和图 4-1b 表达的是同一形体。可见，用正投影法绘制的三视图能准确地表达物体的形状，但缺乏立体感，需要受过专业训练才能看懂，而且必须把几个投影图联系起来，才能想象出形体的全貌。轴测图富有立体感，直观性好，工程上常作为辅助图样表达设计意图。

一、轴测图的形成

将物体连同其直角坐标系，沿不平行于任一坐标面的方向，用平行投影法将其投射在单一投影面上所得到的具有立体感的图形，称为轴测图。

图 4-2 所示为用平行投影法将物体连同确定其空间位置的直角坐标系，一并投射到选定的平面 P 上，P 面上的投影称为轴测投影，P 面称为轴测投影面。

54

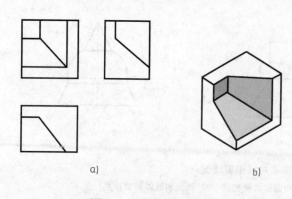

a)　　　　　b)

图 4-1　三视图与轴测图

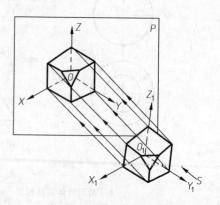

图 4-2　轴测图的形成

## 二、轴间角和轴向伸缩系数

轴测轴：直角坐标轴 $O_1X_1$、$O_1Y_1$、$O_1Z_1$ 在轴测投影面上的投影 $OX$、$OY$、$OZ$ 称为轴测轴。

轴间角：轴测投影中，两根轴测轴之间的夹角，称为轴间角。

轴向伸缩系数：直角坐标轴上的单位长度在相应轴测轴上的投影长度，称为轴向伸缩系数。$X$、$Y$、$Z$ 轴的轴向伸缩系数分别用 $p$、$q$、$r$ 表示，即 $p = OX/O_1X_1$，$q = OY/O_1Y_1$，$r = OZ/O_1Z_1$。

## 三、轴测图的基本特性

轴测图的基本特性为：

1）物体上与坐标轴平行的线段，它的轴测投影必与相应的轴测轴平行。

2）物体上相互平行的线段，它们的轴测投影也相互平行。

轴测图有很多种，常用的有正等轴测图和斜二等轴测图。

# 4-2　绘制基本体正等轴测图

## 学习目标

1. 了解轴测图投影的基本概念、轴测投影的特性和常用轴测图的种类。
2. 掌握绘制简单形体的正等轴测图。

## 制图任务

一、根据正六棱柱的两视图（图 4-3a），绘制其正等轴测图（图 4-3b）

作图步骤：

1）选顶面正六边形对称中心为坐标原点，$X$、$Y$ 轴如图 4-4a 所示，棱柱的高度方向作 $Z$ 轴。

2）根据棱柱顶面 1、3 点坐标 1（0，$-s/2$），3（$d/2$，0）作轴测投影 $1'$、$3'$；通过对称点得到轴测投影 $2'$、$4'$，如图 4-4b 所示。

3）过 $1'$ 做 $X$ 轴平行线，量取 $a/2$，得顶面六边形两顶点轴测投影，同理通过 $2'$ 得到另两个顶点的轴测投影，依次连接各顶点得到正六边形，如图 4-4c 所示。

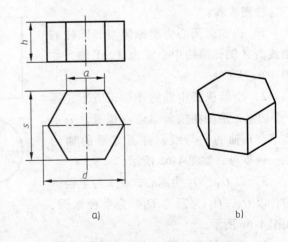

a)　　　　　　　　b)

图 4-3　正六棱柱的视图及正等轴测图

55

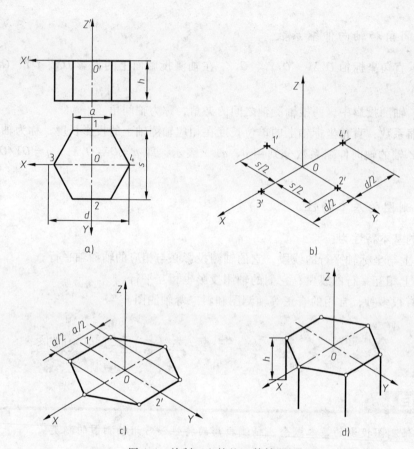

图 4-4　绘制正六棱柱正等轴测图

4）由正六边形端点分别沿 $Z$ 轴量取高 $h$，得底面端点的投影，如图 4-4d 所示。

5）擦去多余图线，描深可见轮廓线，如图 4-3b 所示。

## 二、根据圆柱两视图（图 4-5a），绘制其正等轴测图（图 4-5b）

作图步骤：

1）选顶面圆心为坐标原点，圆柱的轴线为 $Z$ 轴，圆的中心线为 $X$、$Y$ 轴，如图 4-6a 所示。

2）绘俯视图中圆的外切正方形，得 4 个切点，沿轴测轴量得切点位置，分别作 $X$、$Y$ 轴的平行线，得正方形的轴测图——菱形，如图 4-6b 所示。

3）以 $O_1$、$O_2$ 为圆心，$O_1 3$ 为半径画圆，以 $O_3$、$O_4$ 为圆心 $O_3 4$ 为半径画圆，如图 4-6c 所示。

4）$Z$ 向量圆柱高 $h$，确定底面菱形

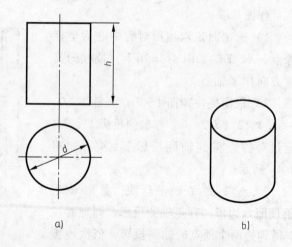

图 4-5　圆柱的视图及其正等轴测图

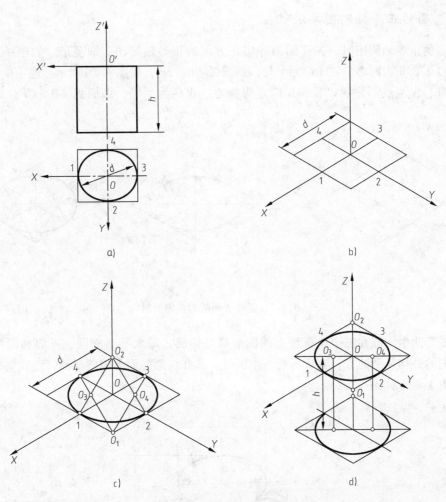

图 4-6 绘制圆柱正等轴测图

的中心，再由顶面椭圆的四个圆心 $Z$ 轴向下量 $h$，得底面椭圆的各圆心位置，绘底面的椭圆，如图 4-6d 所示。

5）绘两椭圆的共切线，擦去多余图线，加深可见轮廓线，如图 4-5b 所示。

### 知识链接

#### 一、正等轴测图的形成

使确定物体的空间直角坐标轴对轴测投影面的倾角相等，用正投影法将物体连同其坐标轴一起投射到轴测投影面上，所得到的轴测图称为正等轴测图，简称正等测。

#### 二、轴间角和轴向伸缩系数

正等测中的轴间角均为 120°。画图时，一般使 $Z$ 轴处于垂直位置，$X$、$Y$ 轴与水平成 30°，三个轴向简化伸缩系数相等（$p = q = r = 1$）。

57

### 三、圆的正等轴测图画法

绘圆的正等轴测图时，先作圆的外切正方形的正等轴测图，即菱形，如图 4-7a 所示。再分别以 Ⅰ、Ⅱ 为圆心，以 Ⅰ$C$ 为半径，画圆弧 $CD$、$EF$，如图 4-7b 所示。连 Ⅰ$C$、Ⅰ$D$ 交长轴于 Ⅲ、Ⅳ 两点。分别以 Ⅲ、Ⅳ 两点为圆心，Ⅳ$C$ 为半径，画圆弧 $ED$、$CF$，如图 4-7c 所示。

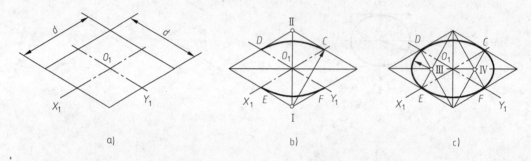

图 4-7　菱形法画圆的正等测图

在正等测中，圆在三个坐标面上的图形都是椭圆，即水平面椭圆、正面椭圆、侧面椭圆，它们的外切菱形的方位有所不同。作图时，选好该坐标面上的两根轴，组成新的方位菱形，如图 4-8 所示。

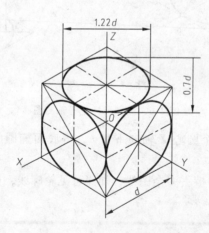

图 4-8　三向正等测圆的画法

---

**知识拓展** **正等测中圆角的画法**

底板如图 4-9a 所示，其中包含圆角（1/4 柱面），其轴测投影是椭圆的一部分，画 1/4 圆弧的轴测图时，先在圆弧两侧的直线上求得切点的轴测投影（到顶点的距离等于圆弧半径，如图 4-9c 所示，轴测图中自两切点分别作两侧直线的垂线，再以垂线的交点为圆心，以交点到切点的距离为半径画弧即可（图 4-9f）。

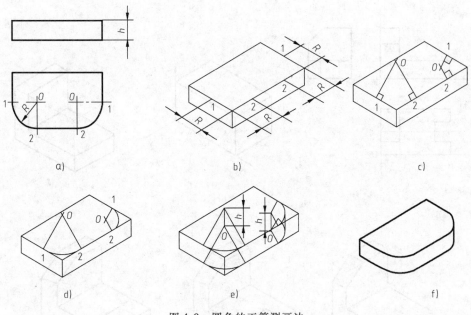

图 4-9  圆角的正等测画法

## 4-3  绘制组合体正等轴测图

### 学习目标

1. 掌握组合体的构成。
2. 掌握组合体正等轴测图的作图方法。

### 制图任务

根据组合体的三视图（图 4-10a），绘制正等轴测图（图 4-10b）。

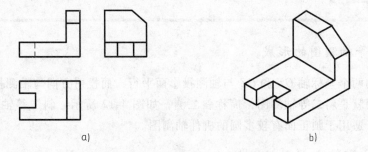

图 4-10  组合体的正等轴测图

作图步骤：

1）选组合体的底面右前角作坐标原点，高度方向作 $Z$ 轴，确定 $X$、$Y$ 轴，如图 4-11a

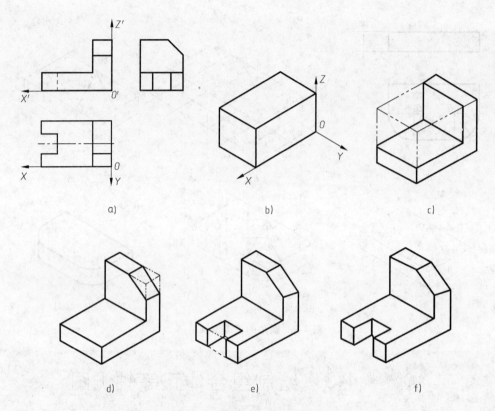

图 4-11　绘制组合体正等轴测图

所示。

2）画出正等轴测轴，按尺寸绘长方体的正等轴测图，如图 4-11b 所示。

3）切去左上部的四棱柱，如图 4-11c 所示。

4）切去右前部三棱柱，如图 4-11d 所示。

5）切去左端部四棱柱，如图 4-11e 所示。

6）整理，检查、加深可见轮廓线图，如图 4-11f 所示。

**知识拓展**

## 一、斜二等轴测图的形成

当物体上的两个坐标轴 $OX$ 和 $OZ$ 与轴测投影面平行，而投射方向与轴测投影面倾斜时，所得到的轴测图就是斜二等轴测图，简称斜二测，如图 4-12 所示。斜二等轴测图能反映物体正面的实形，适用于画正面有较多圆的机件轴测图。

## 二、轴测轴及各轴的伸缩系数

斜二等轴测的轴测轴分别为 $O_1X_1$、$O_1Y_1$、$O_1Z_1$，轴向伸缩系数取 $p = r = 1$，$q = 0.5$，轴间角 $\angle X_1O_1Z_1 = 90°$，$\angle X_1O_1Y_1 = \angle Y_1O_1Z_1 = 135°$，如图 4-13 所示。

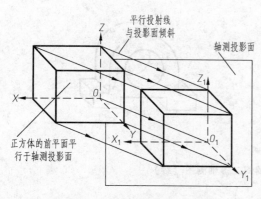

图 4-12  斜二等轴测图的形成

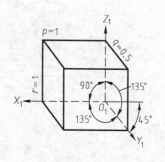

图 4-13  斜二等轴测图的轴间角与轴间系数

【例4-1】  已知支承座的两视图，如图 4-14 所示，绘制其斜二等轴测图。

绘图步骤：

1）建立直角坐标系，作轴测轴，绘制支承座前表面轮廓，如图 4-15a 所示。

2）沿轴测轴的 $Y$ 轴方向画出整体的宽度（按 1:2 的比例取其宽度尺寸），如图 4-15b 所示。

3）沿 $Y$ 轴绘制出支承座后表面的圆心，使两圆心距离为 $Y/2$，如图 4-15c 所示。

4）绘制出后表面的圆弧，如图 4-15d 所示。

5）作前后两个圆弧的公切线，如图 4-15e 所示。

6）擦去作图辅助线并描深，完成全图，如图 4-15f 所示。

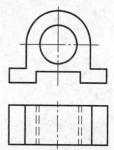

图 4-14  支承座的两视图

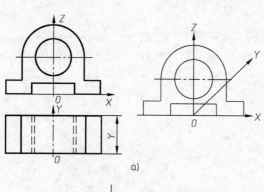

a)                      b)

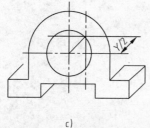

c)

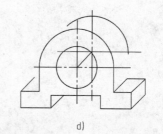

d)

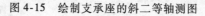

图 4-15  绘制支承座的斜二等轴测图

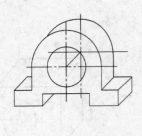

e)　　　　　　　　　　　　　　f)

图 4-15　绘制支承座的斜二等轴测图（续）

# 组合体

## 5-1 绘制组合体三视图

 **学习目标**

1. 掌握组合体的组合形式，熟悉形体分析法。
2. 掌握组合体三视图的画法。
3. 能识读和标注简单组合体的尺寸。
4. 掌握识读组合体三视图的方法与步骤。

**制图任务**

一、绘制图 5-1a 所示组合体的三视图（图 5-1b）

该组合体由底板 1、立板 2 和肋板 3 组成，如图 5-1c 所示。

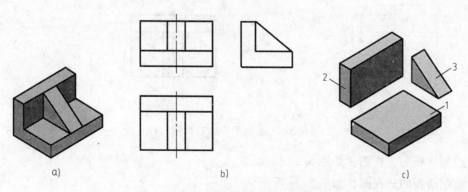

a)             b)             c)

图 5-1 组合体及其三视图

作图步骤：

1）确定主视图。确定主视图投影方向，如图 5-2a 所示。

2）绘制出每个视图的基准线，如图 5-2b 所示。

3）按组成组合体的基本形体逐个绘出它们的三视图。

① 绘制底板的三视图，如图 5-2c 所示。

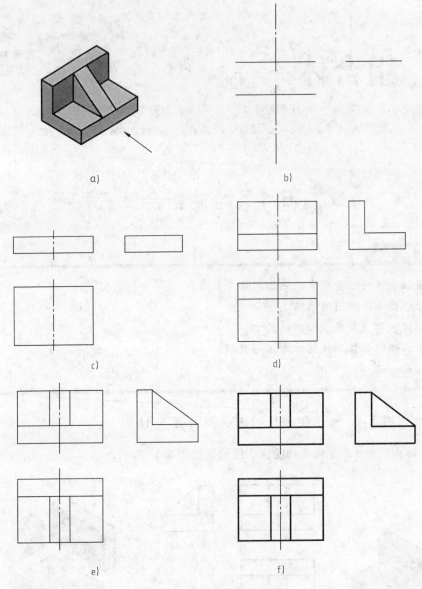

图 5-2　绘制组合体三视图

② 绘制立板的三视图，如图 5-2d 所示。

③ 绘制肋板的三视图，如图 5-2e 所示。

4）检查描深，完成组合体三视图的绘制，如图 5-2f 所示。

## 二、绘制图 5-3a 所示支架的三视图（图 5-3b）

支架由底板 1、圆筒 2、肋板 3 和支承板 4 组成，圆筒与支承板相切，肋板与圆筒相交，如图 5-3c 所示。

作图步骤：

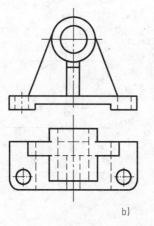
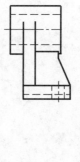
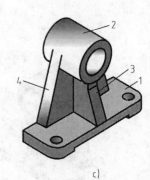

a)　　　　　　　　　b)　　　　　　　　　c)

图 5-3　支架及其三视图

1）确定主视图，如图 5-4a 所示。

2）画出每个视图的基准线，如图 5-4b 所示。

3）绘制底板的三视图，如图 5-4c 所示。

4）绘制圆筒的三视图。先画可见部分，后画不可见部分，如图 5-4d 所示。

5）绘制支承板的三视图。按投影关系正确画出相切位置的投影，如图 5-4e 所示。

6）绘制肋板的三视图及底板的圆角、圆孔，如图 5-4f 所示。

7）检查描深，完成支架三视图的绘制，如图 5-3b 所示。

## 知识链接

任何复杂的物体都可看成是由若干个基本立体组合而成的。由两个或两个以上的基本立体构成的物体称为组合体。

绘制组合体视图时，可采用"先分后合"的方法，即先在想象中，把组合体分解成若干个基本几何体，如图 5-1c、图 5-3c 所示，然后按其相对的位置和组合方式，绘出各基本几何体的投影，综合起来即得到整个组合体的视图，这种分析方法称为形体分析法。

### 一、组合体的类型

组合体通常有叠加型、切割型和综合型三种基本类型。

**1. 叠加型**

按照形体表面接合方式不同，叠加型组合体可分为相接、相切和相贯。

1）两形体如以平面相接触称为相接。它们的分界线为直线或平面曲线，如图 5-5 所示。

当两形体表面不平齐时，分界线处应画线，如图 5-6a 的主视图；当两形体表面平齐，分界线处不应画线，如图 5-6b 的主视图。

2）两个基本体的相邻表面光滑过渡称为相切。

如图 5-7a 所示，物体由圆筒和耳板组成，耳板前后两平面与圆筒表面相切。在水平投影中表现为直线与圆弧相切；在正面和侧面投影中，该直线投影不应画出，即两面相切处不画线，耳板上表面的投影只画至切点处，如图 5-7b 所示。

**机械制图**（通用）

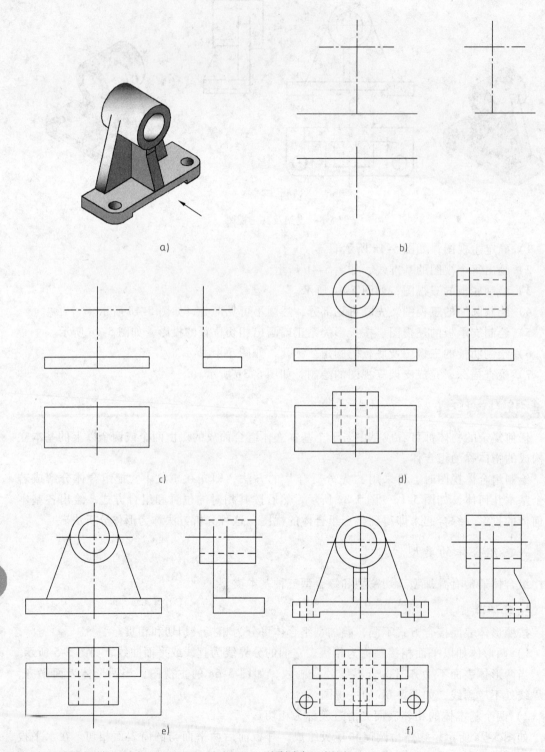

图 5-4　绘制支架三视图

66

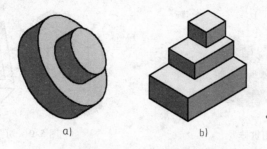

图 5-5 相接组合体的分界线

a) 分界线为平面曲线 b) 分界线为直线

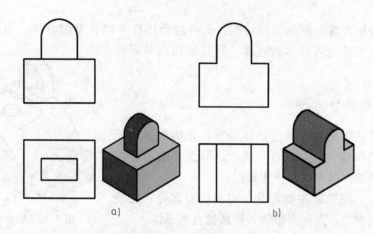

图 5-6 相接组合体分界处的情况

a) 不平齐 b) 平齐

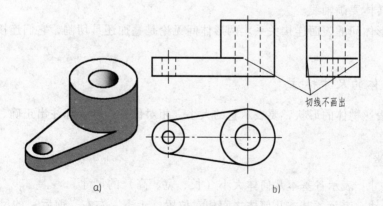

切线不画出

图 5-7 相切组合体

3) 两形体的表面相交称为相贯，其相交处的交线称为相贯线，如图 5-8 所示。一般情况下，相贯线的投影要通过求点才能画出。

**2. 切割型**

从较大的基本形体挖切出较小基本形体的组合体为切割型组合体，如图 5-9 所示。

图 5-8　相贯体

图 5-9　切割体

绘制切割型组合体三视图时，应先画出大的基本形体的三视图，然后逐个画出被切部分的投影。

**3. 综合型**

形体的组合形式既有叠加又有切割，此种组合体称为综合型组合体，如图 5-10 所示。画图时，一般先画叠加各形体的投影，再画被切割各形体的投影。

## 二、绘制组合体三视图

绘制组合体的视图时，通过形体分析，先明确各相邻形体表面之间的衔接关系和组合形式，然后选择适当的表达方案，按正确的作图方法和步骤画图。

绘制视图时，应先画主要部分，再画次要部分；先画主要轮廓，再画细节；先画实形体，后画挖去的形体。

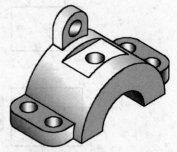

图 5-10　综合型综合体

绘制每个形体时，应三个视图联系起来画，从反映形体特征的视图画起，再按投影规律画出其他视图。对称图形、半圆和大于半圆的圆弧要画对称中心线，回转体要画轴线。

注意相邻形体间的表面连接关系。两形体间无论是叠加还是切割，它们连接的地方，必须深入分析。

## 三、组合体的尺寸标注

视图只能表达物体的形状，要表示它的大小、相对位置，则要标注出正确、完整、清晰的尺寸。

**1. 尺寸种类**

1）定形尺寸：表示各基本几何体大小（长、宽、高）的尺寸。

2）定位尺寸：表示各基本几何体之间相对位置（上下、左右、前后）的尺寸。

3）总体尺寸：表示组合体总长、总宽、总高的尺寸。

**2. 尺寸基准**

尺寸基准就是标注尺寸的起点。标注定位尺寸时，应先选择尺寸基准。通常选组合体的对称面、底面、端面、轴线、对称中心线等作为基准。

以支架为例，尺寸标注步骤如下：

1）选择尺寸基准。底板的底面作高度尺寸基准，对称面作长度尺寸基准，支承板后端面作宽度尺寸基准，如图5-11所示。

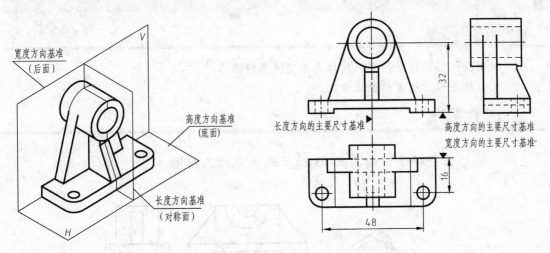

图5-11　支架的尺寸基准

2）标注尺寸（图5-12）。

① 标注定位尺寸。从各基准出发标注四个部分的定位尺寸"32"、"6"、"48"、"16"，底部凹槽的定位尺寸"2"（也是凹槽的定形尺寸）。

② 标注定形尺寸。底板的尺寸"60"、"22"、"6"，圆筒的尺寸"φ22"、"φ14"、"24"，支承板尺寸"6"、"42"，肋板的尺寸"6"、"13"、"10"，圆孔、圆角、底面槽的尺寸"2×φ6"、"R6"、"36"、"2"。

③ 标注总体尺寸。长"60"，宽"22"，高"32"。

3）检查、调整尺寸。

**3. 尺寸标注注意事项**

1）突出特征。定形尺寸尽量标注在反映该部分形状特征的视图上。

2）尺寸相对集中。形体某个部分的定形和定位尺寸，应尽量集中标注在一个视图上，便于看图时查找。

3）布局整齐。尽量将尺寸标注在视图的外面，与两视图有关的尺寸尽量布置在两视图之间，便于对照。同方向的平行

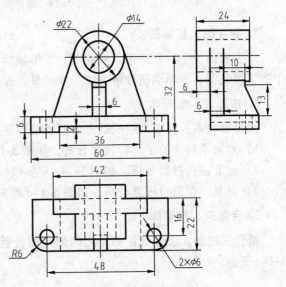

图5-12　支架三视图尺寸标注

尺寸，应使小尺寸在内，大尺寸在外，间隔均匀，避免尺寸线与尺寸界线相交。同方向的串联尺寸应排列在一直线上。

4）圆的直径最好标注在非圆视图上，虚线上尽量避免标注尺寸。

## **5-2** 识读组合体三视图

1. 巩固投影知识，提高空间想象力与空间思维能力。
2. 掌握组合体三视图的识读方法。

**读图任务**

一、用形体分析法识读图5-13所示轴承座的三视图

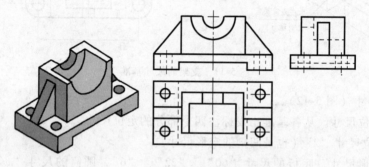

图5-13　轴承座及其三视图

### 1. 看视图，抓特征

以主视图为主，联系俯、左视图，了解轴承座的大致形状。如图5-14a所示，按主视图中的实线线框，将轴承座分解为Ⅰ、Ⅱ、Ⅲ、Ⅳ四部分。

### 2. 按部分，想形体

按投影关系，将四个组成部分的形状结构逐一分析。

1）对轴承座中的Ⅰ进行投影分析，如图5-14b粗实线框部分所示。

2）对Ⅱ进行投影分析，如图5-14c粗实线框部分所示。

3）对Ⅲ、Ⅳ进行投影分析，如图5-14d粗实线框部分所示。

### 3. 合起来，想整体

结合三视图，想像出各部分之间的空间位置关系，最后得到轴承座的整体形状，如图5-14e所示。

二、用线面分析法识读图5-15所示组合体的三视图

### 1. 分线框，识面形

三视图中，线框一般为投影面平行面、投影面垂直面或投影面倾斜面。

在三视图中找出各图线、线框的对应投影。

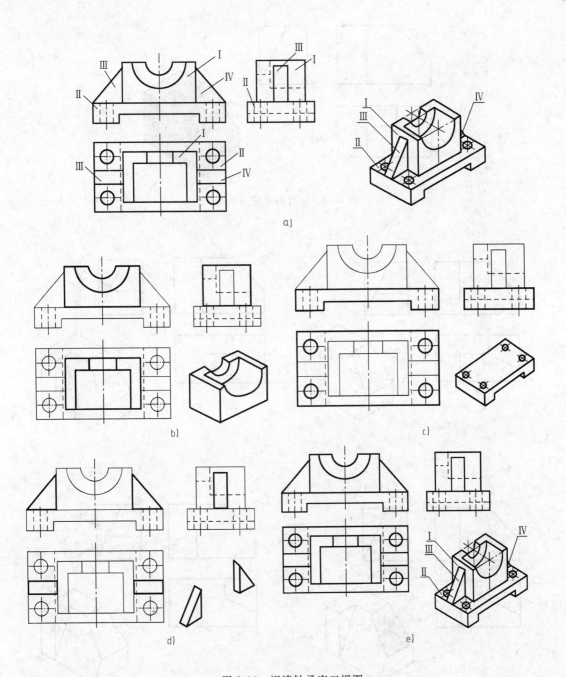

图 5-14 识读轴承座三视图

1）线框Ⅰ（1，1′，1″）在图 5-16a 所示的三视图中为"一框对两线"，表示投影面平行面，是侧平面。

2）线框Ⅱ（2，2′，2″）在图 5-16b 所示的三视图中为"一线对两框"，表示投影面垂直面，是侧垂面。

3）线框Ⅲ（3，3′，3″）在图 5-16c 所示的三视图中为"一线对两框"，表示投影面垂直面是正垂面。

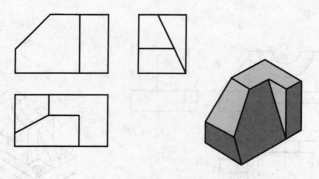

图 5-15　组合体及其三视图

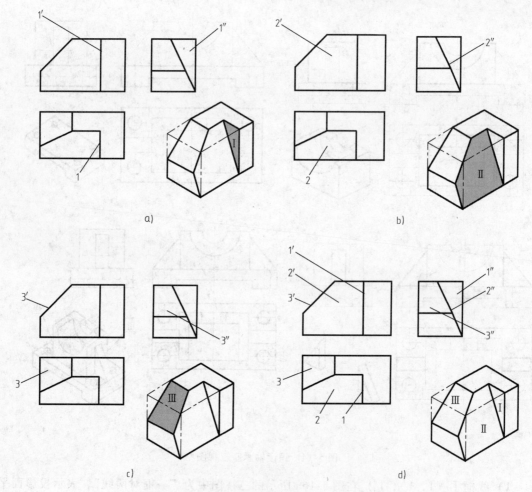

图 5-16　线面分析法识读组合体

## 2. 识交线，想形状

根据各个面的形状和空间位置，还应分析交线的形状和位置，想象出物体的整体形状，如图 5-16d 所示。

**知识链接**

一、读图的方法和步骤

读图是画图的逆过程，是根据平面图形（视图）想象出空间物体的结构形状的过程。读图的基本方法有形体分析法和线面分析法。

**1. 形体分析法**

根据视图的特点，把物体分解成若干个简单的形体，分析出组合形式，再将它们组合起来，这是形体分析法的主要过程。分析投影时，一般顺序是先看主要部分，后看次要部分；先看容易部分，后看难于确定的部分；先看整体形状，后看细节形状。

**2. 线面分析法**

线面分析法是运用线面的投影规律，通过分析视图中的线条、线框的含义和空间位置，从而看懂视图。主要用于看切割型组合体的视图。

看图时，常把形体分析法和线面分析法综合应用。

二、读图时的注意事项

**1. 理解线框的含义**

如图 5-17 所示，线框 1 表示一个平面，线框 2 表示一个曲面，线框 3 表示平面与曲面相切的组合面，线框 4 表示一个空腔。

**2. 几个视图联系起来识读**

一个投影只能表示三维形体的两个方向上的形状和相对位置，因此，单独的一个视图不能完全表达空间形体。例如，图 5-18 中，主视图和左视图相同，而俯视图不同就表达了不同形状的物体。只有几个视图联系起来识读，才能判断真实的形状。

**3. 利用特征视图构思物体的形状**

特征视图是反映形状特征最充分的视图。读图时，从特征视图入手，再配合其他视图，能较快地想象出物体形状。如图 5-19 所示，俯视图是反映形体特征最充分的视图。

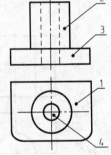

图 5-17 封闭线框

三、补视图和补缺线

补视图和补缺线是培养看图、画图能力和检验是否看懂视图的一种有效手段。

**1. 补视图**

补视图的主要方法是形体分析法。在由已知的两个视图补画第三视图时，可根据封闭线框的对应投影，按照投影特性，想出已知线框的空间形体，从而补画出第三投影。补图的一般顺序是先画外形，后画内腔；先画叠加部分，后画挖切部分。

【例 5-1】 如图 5-20a 所示，已知其主、俯视图，补画左视图。

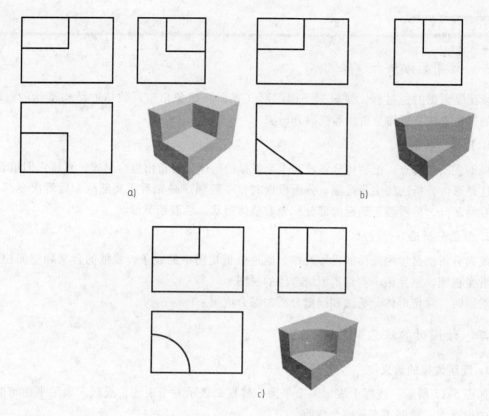

图 5-18　不同形状的物体

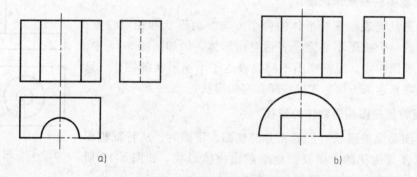

图 5-19　抓住特征视图

　　从主视图和俯视图进行形体分析，该组合体属于综合型，由底板、竖板和半圆头板三部分叠加而成，底板和竖板后部开一个矩形槽，半圆头板和竖板上钻一个圆通孔。

　　1）将主、俯视图按线框分成三部分，如图 5-20a 所示。

　　2）画底板的左视图，如图 5-20b 所示。

　　3）画竖板的左视图，如图 5-20c 所示。

　　4）画半圆头板的左视图，如图 5-20d 所示。

　　5）画凹槽的左视图，如图 5-20e 所示。

　　6）画小圆孔并校核、加深图线，如图 5-20f 所示。

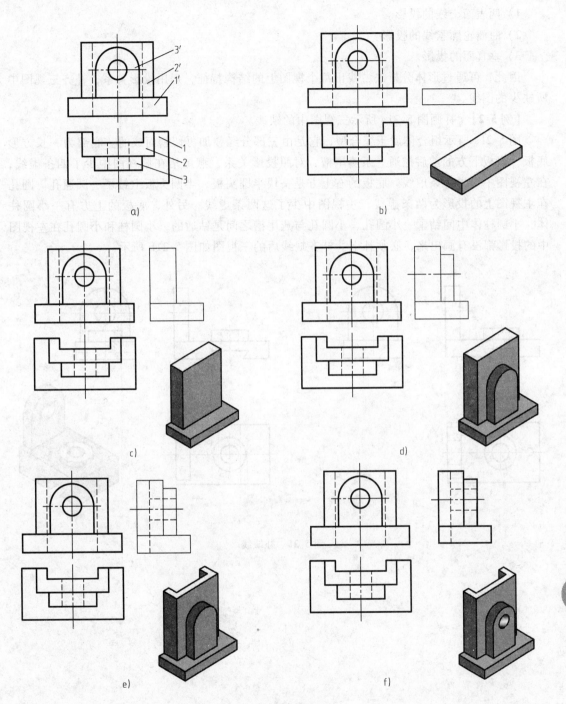

图 5-20　补画左视图

## 2. 补缺线

视图上的每一条轮廓线，不论是实线还是虚线，一定是形体上的下列要素中的投影之一。

1）两表面交线的投影。

2）曲面轮廓素线的投影。

3）垂直面的投影。

因此，可通过形体分析法，找出每个视图上的结构特征，运用投影关系，补齐三视图中所缺少的图线。

【例5-2】 补画图5-21a所示三视图中的缺线。

图5-21a所示组合体属于综合型，它是由三部分经叠加再切割而成的。底部为一长方形底板，底板下方的前后挖通一条燕尾槽，对照投影关系，燕尾槽在俯视图中少了四条虚线，在左视图中少了一条虚线。底板的右上方是一块半圆头板，半圆头板上钻了一圆通孔。圆孔在主视图上的投影为两条虚线，主视图中少了这两条虚线。另外，底板的上方有一小圆柱体，小圆柱体中间钻了一小圆孔，小圆孔与燕尾槽之间是钻通的，小圆柱和小圆孔在左视图中的投影都没有画出来，必须补上。补齐缺线后的三视图如图5-21b所示。

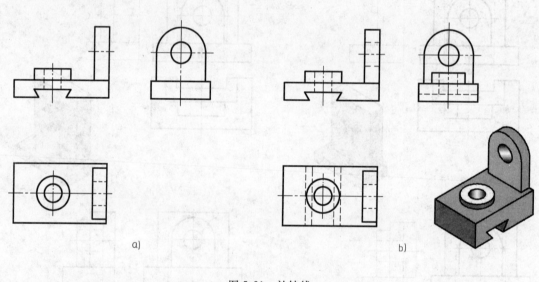

a)                                              b)

图5-21　补缺线

# 机件的表达方法

 **6-1** 机件外部形状的表达

## 学习目标

1. 熟悉基本视图的形成、名称和配置关系。
2. 熟悉向视图、局部视图和斜视图的画图方法及标注规定。
3. 能够根据机件特点，选择合适的视图表达机件的外部形状。

## 制图任务

一、绘制图 6-1a 所示异形块的六个基本视图（图 6-1b）

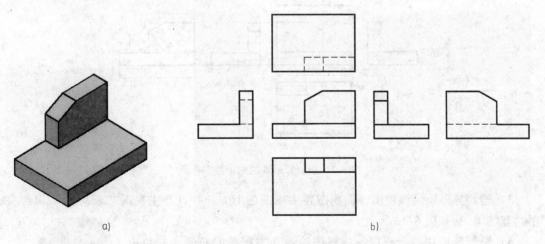

a)                                              b)

图 6-1　异形块及其六个基本视图

绘图步骤：

1）选择主视图，绘制其三视图，如图 6-2a 所示。

2）绘制异形块的右视图，右视图在主视图的左侧，并且与主视图"高平齐"，与俯视图"宽相等"，如图 6-2b 所示。

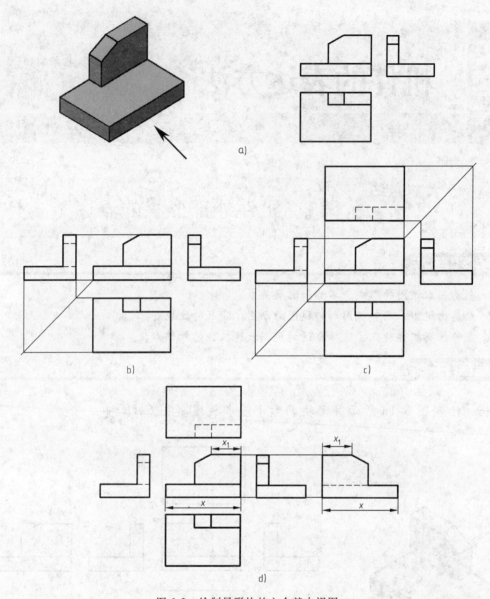

图 6-2　绘制异形块的六个基本视图

3）绘制异形块的仰视图，仰视图在主视图的上方，并且与主视图"长对正"，与左视图"宽相等"，如图 6-2c 所示。

4）绘制异形块的后视图，后视图绘制在主视图的右侧，并与主视图和左视图"高平齐"，与主视图"长相等"，如图 6-2d 所示。

## 二、确定图 6-3 所示压紧杆的外形表达方法

### 1. 分析压紧杆的结构选择表达方法

由于压紧杆的耳板是倾斜结构，其俯视图和左视图都不反应实形，　图 6-3　压紧杆

如图 6-4a 所示，画图比较困难，且表达不清楚。为了表达凸台和倾斜部分的结构，可在平行耳板的辅助投影面 P 上作出耳板的斜视图以反映耳板的实形，如图 6-4b 所示。

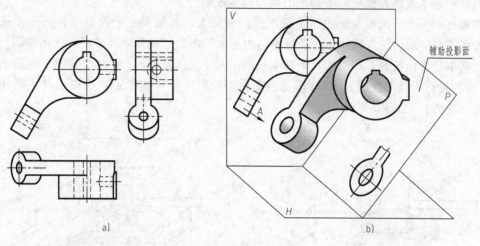

图 6-4　压紧杆的表达方法

**2. 确定表达方案**

如图 6-5a 所示为压紧杆的一种表达方案，采用一个基本视图（主视图）、局部视图（代替俯视图）、A 向斜视图和 B 向局部视图。

为了使图面布局更加紧凑，又便于画图，可选用图 6-5b 所示的表达方案。

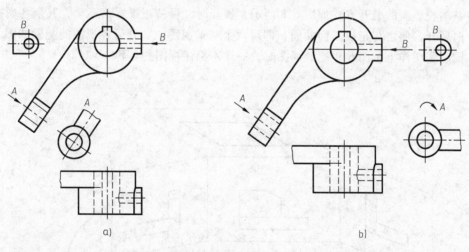

图 6-5　压紧杆的表达方案

**知识链接**

视图是用正投影法将物体向投影面投射所得的图形，主要用来表达物体的外部结构形状。它一般用来表示物体的可见部分，必要时才用虚线画出其不可见部分。视图分为基本视图、向视图、局部视图和斜视图。

## 一、基本视图

机件向基本投影面投射所得的视图称为基本视图。

在原有水平面、正面和侧面三个投影面的基础上，再增设三个投影面构成一个正六面体，如图 6-6 所示，正六面体的六个侧面称为基本投影面。将物体放在正六面体中间，分别向六个基本投影面投射，即得到六个基本视图。六个视图除了三个基本视图外，还有右视图（由右向左投射所得的视图）、仰视图（由下向上投射所得的视图）和后视图（由后向前投射所得的视图），如图 6-7 所示。

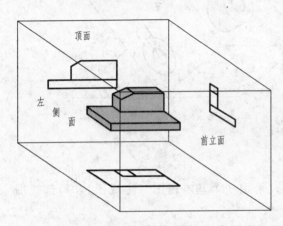

图 6-6　六个基本投影面　　　　　　图 6-7　基本视图的投射方向

各基本投影面的展开方式如图 6-8 所示，展开时，保持正投影面不动，其余各面按箭头所指方向展开，使之与正投影面共面，即得六个基本视图。展开后各视图的配置如图 6-9 所示，在同一张图样上按图 6-9 配置视图时，一律不标注视图的名称。

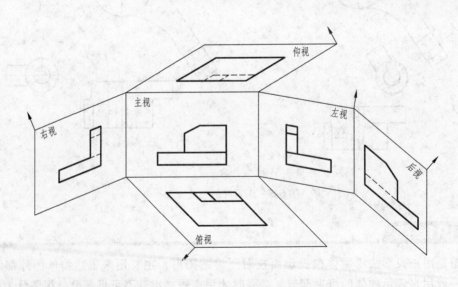

图 6-8　六个基本投影面的展开

六个基本视图之间仍保持着与三视图相同的"长对正、高平齐、宽相等"的投影规律，即主、俯、仰、后视图长对正；主、左、右、后视图高平齐；左、右、俯、仰视图宽相等，如图 6-9 所示。

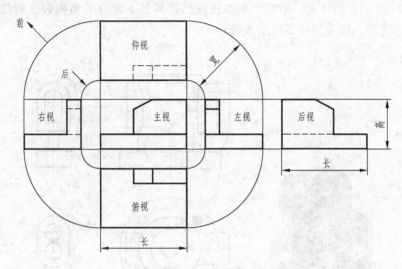

图 6-9　六个基本视图的配置

基本视图主要用于表达零件在基本投射方向上的外部形状。在绘图时，应根据零件的结构特点，按实际需要选用视图。一般优先考虑选用主、俯、左三个基本视图，然后再考虑其他的基本视图。总的要求是表达完整、清晰，又不重复，使视图的数量最少。

## 二、向视图

向视图是可以自由配置的视图。

如图 6-10 所示，D、E、F 向视图是没有按基本视图的位置配置的右视图、仰视图和后视图。

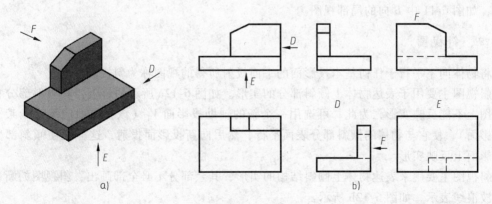

图 6-10　向视图

采用向视图时，一般应在向视图上方用大写拉丁字母标出视图的名称"×"，并在相应视图附近用箭头标明投射方向，注上同样的字母，如图 6-10b 所示。

### 三、局部视图

将物体的某一部分向基本投影面投射所得的视图称为局部视图。

如图6-11所示，物体主、俯两个基本视图已将其基本部分的结构表达清楚，但左、右凸缘尚未表达清楚，需采用局部视图来表示。

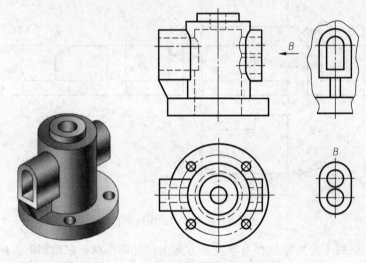

图6-11 局部视图

标注局部视图时，应在局部视图上方用大写拉丁字母标出视图的名称"×"，并在相应视图附近用箭头指明投射方向，注上相同的字母。局部视图应按基本视图的位置配置，且中间没有其他视图隔开时，可省略标注，如图6-11中左端凸缘的局部视图。也可按向视图的配置形式配置，如图6-11中右端凸缘的B向局部视图。

局部视图仅画出需要表示的局部形状，断裂处的边界线应以波浪线表示，如图6-11中左端凸缘的局部视图。当所表示的局部结构是完整的，且外形轮廓线封闭时，波浪线可省略不画，如图6-11中B向的局部视图。

### 四、斜视图

将物体向不平行于任何基本投影面的平面投射所得的视图称为斜视图。

斜视图主要用于表达物体上倾斜部分的实形。如图6-12a所示的弯板，其倾斜部分在基本视图上不能反映实形，为此，可选用一个新的辅助投影面$V_1$（该投影面应垂直于某一基本投影面），使它与物体的倾斜部分表面平行，然后向新投影面投射，这样便使倾斜部分在新投影面上反映实形。

斜视图主要用来表达物体上倾斜结构的实形，其余部分不必全部画出，斜视图的断裂边界用波浪线表示，如图6-12b所示。

斜视图通常按向视图的配置并标注，必要时也可以配置在其他适当位置。允许将斜视图旋转配置，在旋转后的斜视图上方应标注视图名称"×"及旋转符号，旋转符号的箭头方向应与斜视图的旋转方向一致，如图6-12c中的A向视图。

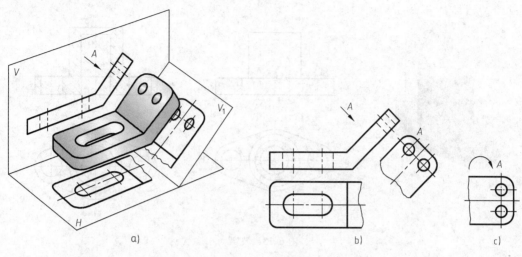

图 6-12　斜视图

**知识拓展** 识读斜视图和局部视图的要点

　　1）在识图时应先寻找带字母的箭头，分析所需表达的部位及投射方向，然后找出标有相同字母的视图。

　　2）箭头的投射方向在图中如果是水平或垂直方向的，画出的是局部视图。箭头的投射方向在图中如果是倾斜的，画出的就是斜视图。

## 6-2　机件内部形状的表达

**学习目标**

1. 理解剖视的概念，掌握剖视的种类、画法特点、标注规定及各种剖视的适用情况。
2. 能够根据机件的结构特点，选用合适的剖视图合理表达机件的内部形状。
3. 掌握识读剖视图的方法和步骤。

**制图任务**

　　**一、绘制图 6-13a 所示支架的全剖视图（图 6-13c）。**

　　1）假想用剖切平面剖切，移去前半部分，如图 6-14 所示。

　　2）绘制剖切平面后面的可见轮廓线，如图 6-15a 所示。剖视是假想的，因此，尽管主视图前半部分被剖去，俯视图中仍按完整画出。

　　3）绘制剖面符号。剖切平面剖到的实心处（剖面区域）画出剖面符号，而孔等空心处不画，如图 6-15b 所示。

　　4）标注。一般应在剖视图上方用大写拉丁字母标出剖视图的名称"×—×"，在相应视图上用剖切符号（粗短线）表示剖切位置，用箭头表示投射方向，并注上同样的字母，如

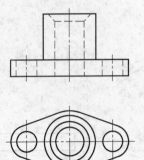
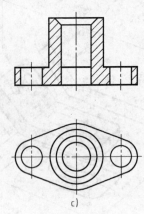

a)               b)               c)

图 6-13　支架

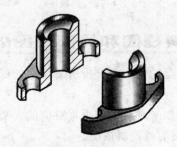

图 6-14　假想剖切

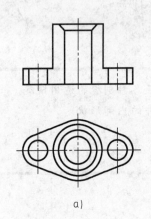
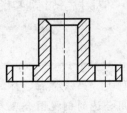
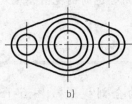
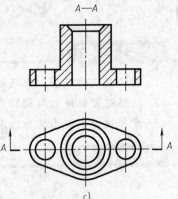

a)               b)               c)

图 6-15　绘制支架的全剖视图

图 6-15c 所示。

## 二、绘制图 6-16a 所示支架的半剖视图（图 6-16c）

### 1. 将支架的主视图改画成半剖视图

如果主视图采用全剖视图，则会影响对机件外部形状的表达，因此我们可以考虑利用该

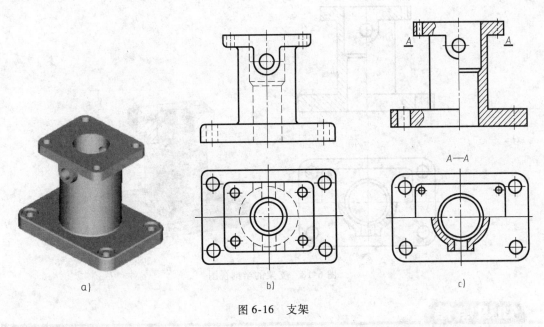

图 6-16 支架

结构左右对称的性质，将主视图以对称中心线为界，一半画成剖视图（剖切平面通过前后对称面），另一半画成外形视图。图 6-17 所示为支架主视图采用半剖视图的形成过程。

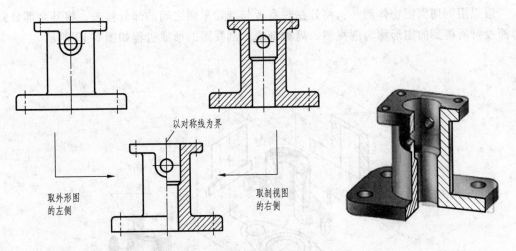

图 6-17 支架半剖视图的形成过程

**2. 将支架的俯视图改画成半剖视图**

以前后对称中心线为界，将后半部分的细虚线去掉，使之变成外形图。用通过前面凸台上圆孔轴线的水平面作为剖切平面将机件剖开，将前半部分表示大圆筒外轮廓的半个细虚线圆及表示小圆孔轮廓线的细虚线改成粗实线，将断面部分画上剖面线，即得半剖的俯视图，如图 6-18 所示。

对于那些在半剖视图中不易表达的部分，如图 6-18 中支架安装板上的孔，可在视图中以局部剖视的方式表达。

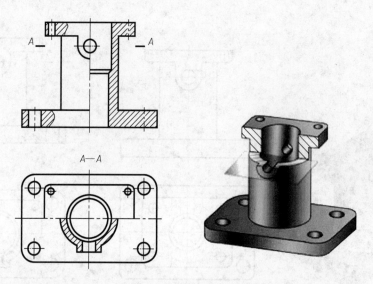

图 6-18　支架的半剖视图

**知识链接**

### 一、剖视图的形成

假想用剖切面把物体剖开，将处在观察者与剖切平面之间的部分移去，将其余部分向投影面投射所得到的图形称为剖视图，简称剖视。剖视图的形成过程如图 6-19 所示。

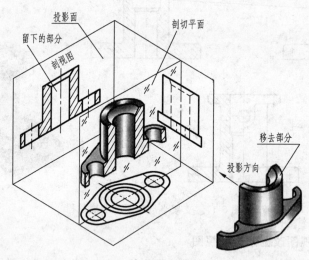

图 6-19　剖视图的形成

### 1. 剖面符号画法

剖切物体的假想平面或曲面称为剖切面，剖切面与物体的接触部分称为剖面区域。

画剖视图时，剖面区域内应画上剖面符号，以区分物体被剖切面剖切到的实体与空心部分。物体的材料不同，其剖面符号画法也不同，见表 6-1。

表 6-1 剖面符号 (摘自 GB/T 4457.5—1984)

| | | | | | |
|---|---|---|---|---|---|
| 金属材料(已有规定剖面符号者除外) | | 型砂、填砂、粉末冶金、砂轮、陶瓷刀片、硬质合金刀片等 | | 木材纵剖面 | |
| 非金属材料(已有规定剖面符号者除外) | | 钢筋混凝土 | | 木材横剖面 | |
| 转子、电枢、变压器和电抗器等的叠钢片 | | 玻璃及供观察用的其他透明材料 | | 液体 | |
| 线圈绕组元件 | | 砖 | | 木质胶合板(不分层数) | |
| 混凝土 | | 基础周围的泥土 | | 格网(筛网、过滤网) | |

在同一张图样中,同一个物体的所有剖视图的剖面符号应该相同。例如,通用的剖面线和金属材料的剖面符号,都画成与水平线成45°(可向左倾斜,也可向右倾斜)且间隔均匀的细实线。

**2. 剖视图的标注可以简化或省略的情况**

1)当剖视图按投影关系配置,中间又没有其他图形隔开时。

2)当单一剖切平面通过物体的对称平面或基本对称平面,且剖视图按投影关系配置,中间又没有其他图形隔开时。

**3. 画剖视图的注意事项**

1)画剖视图时,剖切面后面的可见轮廓线必须用粗实线画齐全,不能遗漏,也不能多画。图 6-20 所示是剖视图中易漏图线的示例。

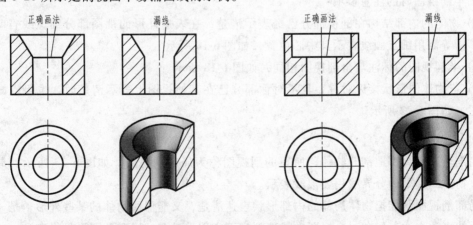

图 6-20 剖视图中易漏的图线

2）在不影响完整表达物体形状的前提下，剖视图上一般不画虚线（剖切平面后面的不可见部分的轮廓线），以增加图形的清晰性。但如画出少量虚线可减少视图数量时，也可画出必要的虚线，如图 6-21 所示。

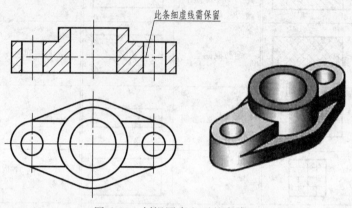

此条细虚线需保留

图 6-21 剖视图中必要的虚线

## 二、剖视图的种类

根据剖切范围的大小，剖视图可分为全剖视图、半剖视图和局部剖视图。

### 1. 全剖视图

用剖切面完全地剖开物体所得的剖视图称为全剖视图。

全剖视图用于表达内形复杂的不对称物体。为了便于标注尺寸，对于外形简单，且具有对称平面的物体也常采用全剖视图。

### 2. 半剖视图

当物体具有对称平面时，向垂直于对称平面的投影面上投射所得的图形，以对称中心线为界，一半画成视图，另一半画成剖视图，这样的图形称为半剖视图，半剖视图适用于内、外形状都比较复杂的对称物体。

画半剖视图时的注意事项：

1）物体的内部结构在剖视部分已经表示清楚，在表达外形的视图部分细虚线省略，但对孔、槽等需用细点画线表示其中心位置，如图 6-18 所示。

2）半剖视图的标注与全剖视图相同，如图 6-18 所示。

3）若物体的形状接近对称，且不对称部分已在其他视图上表示清楚时，也可以画成半剖视图，如图 6-22 所示。

### 3. 局部剖视图

用剖切平面局部地剖开物体，所得的剖视图称为局部剖视图，如图 6-23 所示。局部剖切后，物体断裂处的分界线用波浪线表示。

局部剖视图既能把物体局部的内部形状表达清楚，又能保留物体的某些外形，是一种比较灵活的表达方法。但在一个视图中局部剖视不宜用得过多，以避免图形显得杂乱。

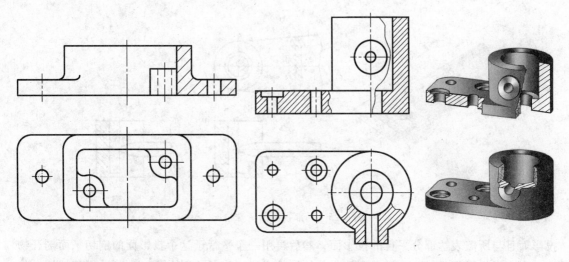

图 6-22　基本对称物体的半剖视图　　　　　　　图 6-23　局部剖视图

画局部剖视图时的注意事项：

1）局部剖视图用波浪线与视图分界。波浪线要画在物体的实体部分，不应超出视图的轮廓线，也不能与其他图线重合，如图 6-24 所示。

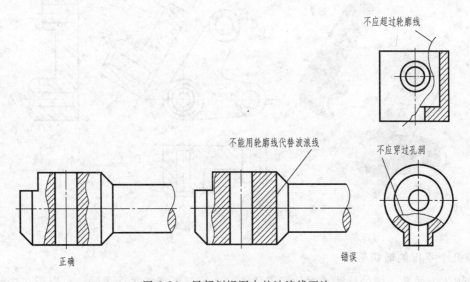

不应超过轮廓线

不能用轮廓线代替波浪线　　　　　不应穿过孔洞

正确　　　　　　　　　　　错误

图 6-24　局部剖视图中的波浪线画法

2）当被剖切部分的局部结构为回转体时，允许将该结构的中心线作为局部剖视与视图的分界线，如图 6-25 所示。

## 三、剖切面的种类

### 1. 单一剖切面

单一剖切面指用一个剖切面剖切物体。

当物体上有倾斜部分的内部结构需要表达时，可和画斜视图一样，选择一个垂直于基本

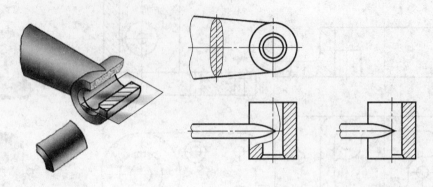

图 6-25　局部视图的特殊情况

投影面且与所需表达部分平行的投影面，然后再用一个平行于这个投影面的剖切平面剖开物体，向这个投影面投射，这样得到该部分结构的实形。为了绘图方便，也可采用旋转画，如图 6-26 所示。

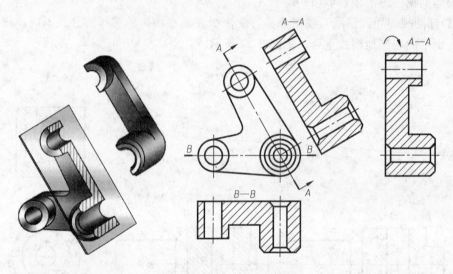

图 6-26　单一斜剖切平面

**2. 几个平行的剖切平面**

当物体上的孔、槽的轴线或对称平面位于多个相互平行的平面上时，可以用多个与基本投影面平行的剖切平面剖切物体，再向基本投影面投射，如图 6-27 所示。

（1）标注方法　在剖视图上方标出相同字母的剖视图名称"×—×"。在相应视图上用剖切符号表示剖切位置，在剖切平面的起、止和转折处标注相同字母，剖切符号两端用箭头表示投射方向。当剖视图按投影关系配置，中间又无其他图形隔开时，可省略箭头。

（2）画图时应注意的注意事项

1）在剖视图中，不应画出剖切平面转折处的投影，如图 6-28a 所示，剖切面的转折处要画成直角，且不应与图中的轮廓线重合，如图 6-28b 所示。

2）用几个平行的剖切平面画出的剖视图中，一般不允许出现不完整要素。仅当两个要

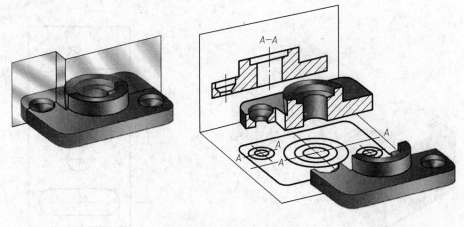

图 6-27 几个平行的剖切平面

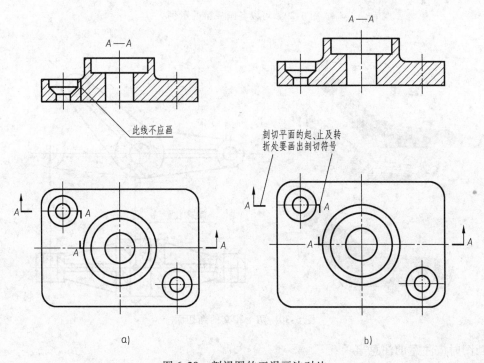

a)                                    b)

图 6-28 剖视图的正误画法对比

素在图形上具有公共对称中心线或轴线时，可以对称中心线或轴线为界各画一半，如图6-29所示。

### 3. 多个相交的剖切面

当物体的内部结构形状用一个剖切平面不能表达完全，且这个物体在整体上又具有回转轴时，可用多个相交的剖切平面（交线垂直于某一基本投影面）剖开物体，并将与投影面不平行剖切平面剖开的结构及其有关部分旋转到与投影面平行再进行投射，如图 6-30所示。

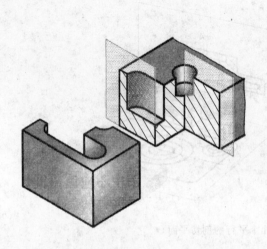

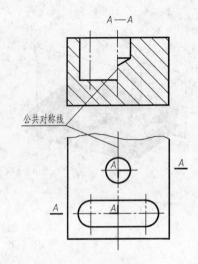

图 6-29  可以各画一半的示例

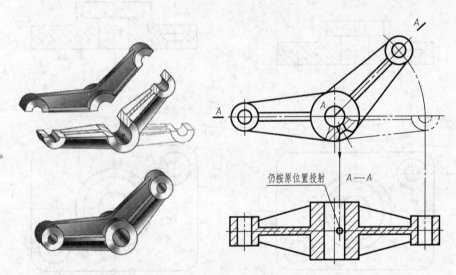

图 6-30  两个相交的剖切面

画图时应注意的注意事项：

1）按"先剖切后旋转"的方法绘制剖视图，即先假想用相交剖切平面剖开物体，然后将剖开的倾斜结构及有关部分旋转到与选定的投影面平行的位置，再进行投射，但在剖切平面后的其他结构一般仍按原来位置投射，如图 6-30 所示的空心圆柱上的小孔。

2）剖切平面的交线应与物体的回转轴线重合。

3）必须对剖视图进行标注，其标注形式及内容，与几个平行平面剖切的剖视图相同。

**知识拓展**  **识读剖视图的步骤和方法**

识读图 6-31 所示轴承座的剖视图。

**1. 视图分析**

先找出主视图，然后分析共有几个视图及每个视图的名称。对于剖视图，应根据剖视图的标记，找到对应的剖切线的位置，并分析剖切目的，做到对零件的轮廓有一个大致的了解。

如图 6-31 所示，轴承座由三个基本视图、一个局部视图和一个移出断面来表达。主视图表达了零件的主要部分轴承孔的形状特征，各组成部分的相对位置，对左边的安装孔用局部剖视图体现。A—A 全剖的左视图，表达轴承孔的内部结构形状，小移出断面是表达肋板的断面形状，因为按投影方向配置，所以省略标注箭头。俯视图选用 B—B 剖视，剖切面通过肋板并平行于水平面，表达底板、支撑板及肋板的断面形状。C 向局部视图表达上面凸台的形状。

**2. 形体分析**

在视图分析的基础上，通过对线条，找投影，了解零件由哪些基本形体组成。通过剖视图及剖视图中的剖面线，辨别零件内部结构的虚实，并想象出零件的内部形状。

**3. 综合想象**

通过上面的分析就能综合想象出轴承座的整体形状和内部结构，如图 6-32 所示。

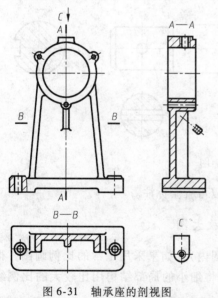

图 6-31 轴承座的剖视图

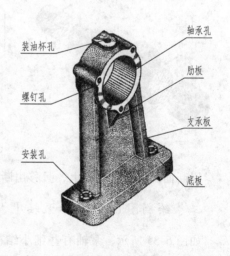

图 6-32 轴承座结构

**6-3** 断面图和局部放大图

**学习目标**

1. 掌握断面图的种类、画法特点、标注规定及其适用情况。
2. 能够选用合适的断面图表达架类、轴类、杆类和肋板类等机件。
3. 掌握局部放大图等机件表达方法的画法特点及简化画法。

**工作任务**

一、绘制图 6-33 所示轴的移出断面图

**1. 绘制左端带键槽轴颈的断面图**

如图 6-34 所示，左端带键槽轴颈的断面图为一个带缺口的圆，缺口表示键槽的宽度和深度，由于剖切平面将键槽剖开后断面向右投影，所以缺口按照投影规律绘制在图形右侧。因断面图按投影关系配置，属于不对称的移出断面图，所以标注出剖切符号和字母省略箭头。

**2. 绘制右端带圆孔轴颈的断面图**

如图 6-34 所示，圆孔中间部分的圆弧不是断面上的轮廓线，但是在图中仍然画出。

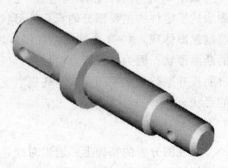

图 6-33　轴

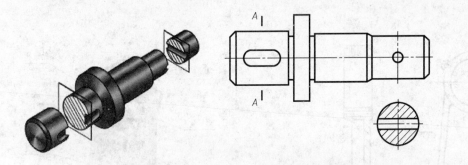

图 6-34　轴的移出断面图

因断面配置在剖切线上，且移出断面图对称，所以可省略标注。

二、绘制图 6-35 所示泵轴Ⅰ、Ⅱ处的局部放大图

如图 6-35 所示，泵轴有些细小结构（两细实线圆内），如果采用正常的比例画图，很难将其表达清楚，同时也不便于标注尺寸，因此考虑将细小的局部结构用比较大的比例绘图，即用局部放大图的表达方法，步骤如下：

1）绘制Ⅰ处的局部放大图，用 2∶1 的放大比例绘制，将其绘制成断面图。

2）绘制Ⅱ处的局部放大图，采用 4∶1 的放大比例，用波浪线绘制断裂处的边界线，如图 6-36 所示。

**知识链接**

一、断面图

假想用剖切平面将物体的某处切断，仅画出该剖切平面与物体接触部分的图形，称为断

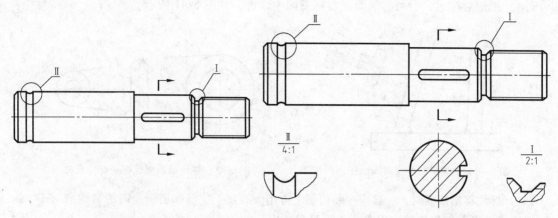

图 6-35 泵轴                图 6-36 泵轴的局部放大图

面图，简称断面。如图 6-37 所示的吊钩，只画了一个主视图，并在几处画出了断面形状，就把整个吊钩的结构形状表达清楚了，比用多个视图或剖视图显得更为简便、明了。

画断面图时，应特别注意断面图与剖视图的区别：断面图只画出物体被切处的断面形状，如图 6-38a 所示；而剖视图除了画出物体断面形状外，还应画出断面后可见部分的投影，如图 6-38b 所示。

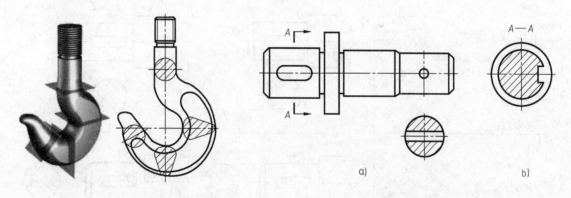

图 6-37 吊钩                图 6-38 断面图与剖视图的比较

断面图分为移出断面图和重合断面图。

（1）移出断面图　画在视图轮廓之外的断面图称为移出断面图。

画移出断面图时应注意以下几点：

1）当剖切平面通过非圆孔，导致出现完全分离的两部分断面时，这样的结构也应按剖视绘制，如图 6-39 所示。

2）由两个或多个相交的剖切平面剖切得出的移出断面，中间一般应断开绘制，如图 6-40 所示。

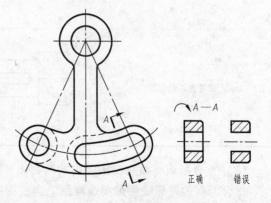

图 6-39 移出断面图

3）图形对称时，也可将断面画在视图的中断处，如图6-41所示。

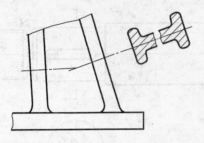
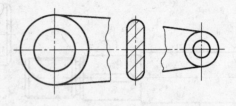

图 6-40　剖切平面相交时断面图的画法　　　图 6-41　移出断面配置在视图中断处

4）标注移出断面时，一般应在断面图上方用大写拉丁字母标出断面图的名称"×—×"，用剖切符号表示剖切位置，用箭头表示投射方向，并注上同样的字母。

移出断面图的标注见表6-2。

表 6-2　移出断面图的标注

| 断面图配置 ＼ 断面形状 | 对称地移出剖面 | 不对称地移出剖面 |
|---|---|---|
| 配置在剖切线或剖切符号延长线上 | 不必标注 | 可省略字母 |
| 按投影关系配置 | 可省略箭头 | 可省略箭头 |
| 配置在其他位置 | 可省略箭头 | 应标注剖切符号(含箭头)和字母 |

（2）**重合断面**　画在视图之内的断面图称为重合断面图。

重合断面的轮廓线用细实线绘制。当视图中的轮廓线与重合断面的图形重叠时，视图中的轮廓线仍应连续画出，不可间断。重合断面图不需要标注，如图6-42所示。

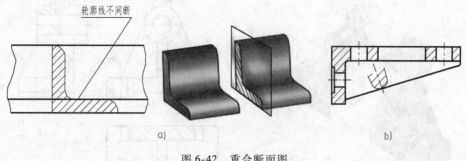

轮廓线不间断

a)                                    b)

图 6-42 重合断面图

## 二、局部放大图

用大于原图形所采用的比例画出物体部分结构的图形，称为局部放大图。

画局部放大图应注意下面几点：

1）局部放大图可画成视图、剖视图、断面图，它与被放大部分的表达方法无关。局部放大图应尽量配置在被放大部位的附近。

2）绘制局部放大图时，应按图 6-43 的方式，用细实线圈出被放大部位。

当同一物体上有几处被放大部位时，必须用罗马数字依次标明，并在相应的局部放大图上方标出相同数字和放大比例。如放大部位仅有一处，则不必标明数字，但必须标明放大比例。

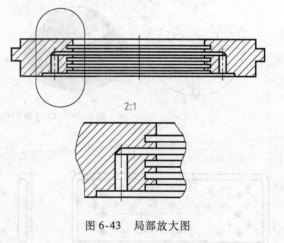

2:1

图 6-43 局部放大图

## 三、常见的简化画法

1）对于物体上的肋板、轮辐及薄壁等结构，如果按纵向剖切，这些结构都不画剖面符号，而用粗实线将它们与其相邻结构分开，如图 6-44 所示。

2）当零件回转体上均匀分布的肋板、轮辐、孔等结构不处于剖切平面上时，可将这些结构旋转到剖切平面上画出，如图 6-45 所示。

3）当物体上具有若干相同结构（齿、槽、孔等），并按一定规律分布时，只需画出几个完整结构，其余用细实线相连或标明中心位置，并注明总数，如图 6-46 所示。

4）当图形不能充分表达平面时，可用平面符号（相交两细实线）表示，如图 6-47 所示。

5）在不致引起误解时，对于对称机件的视图可只画一半或四分之一，并在对称中心线的两端画出两条与其垂直的平行细实线，如图 6-48 所示。

6）较长的物体（如轴、杆、型材、连杆等）沿长度方向的形状一致，或按一定规律变化时，可断开后缩短绘制，但要标注实际尺寸，如图 6-49 所示。

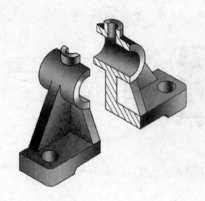
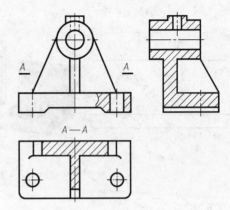

图 6-44　肋板的画法

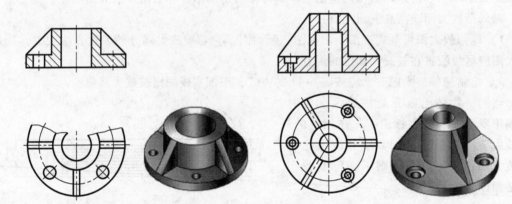

图 6-45　均匀分布的肋板和孔的画法

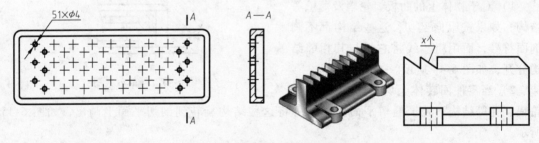

图 6-46　相同要素的简化画法

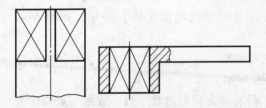

图 6-47　平面符号

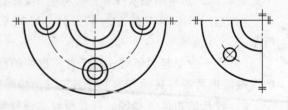

图 6-48　对称物体的简化画法

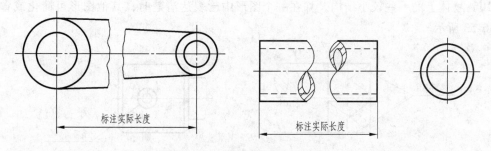

图 6-49　较长物体的折断画法

7）在不引起误解时，图中的过渡线、相贯线可以简化。例如，用圆弧或直线代替非圆曲线，也可采用模糊画法表示相贯线，如图 6-50 所示。

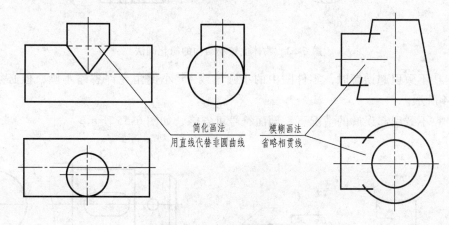

图 6-50　相贯线的画法

8）与投影面倾斜角度小于或等于 30°的圆或圆弧，其投影可用圆或圆弧代替，如图 6-51 所示。

9）圆柱形法兰盘和类似零件上均匀分布的孔，可按图 6-52 所示的方法表示。

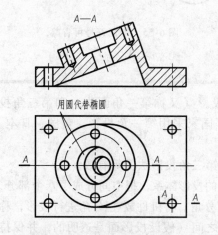

图 6-51　倾斜圆或圆弧的简化画法

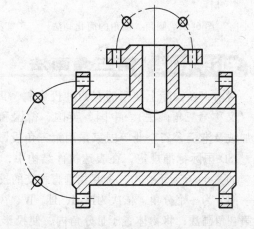

图 6-52　圆柱形法兰盘均布孔的简化画法

10）物体上的一些较小结构，如在一个图形中已表达清楚时，其他图形可简化或省略，如图 6-53 所示。

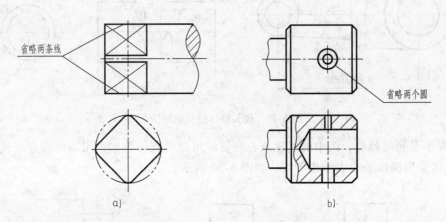

图 6-53 物体上较小结构的简化画法

11）在不致引起误解时，零件图中的小圆角或 45° 小倒角允许省略不画，但必须注明，如图 6-54 所示。

12）在不致引起误解的情况下，剖面符号可省略，如图 6-55 所示。

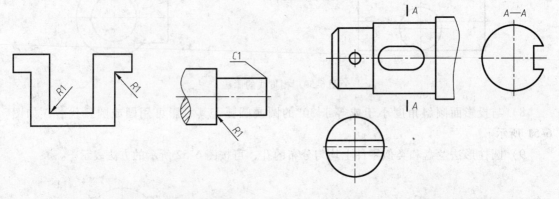

图 6-54 圆角、倒角的简化画法　　　　　　图 6-55 剖面符号可省略

**知识拓展** **第三角画法**

目前，在国际上使用的有两种投影制，即第一角投影（又称第一角画法）和第三角投影（又称第三角画法）。中国、英国、德国和俄罗斯等国家采用第一角投影，美国、日本、新加坡及港资台资企业等国家采用第三角投影。

ISO 国际标准规定，在表达机件结构中，第一角和第三角投影法同等有效。

如图 6-56 所示，由三个互相垂直相交的投影面组成的投影体系，把空间分成了八个部分，每一部分为一个分角，依次为 I、II、III、IV、…、VII、VIII 分角。将机件放在 I 分角进行投影，称为第一角画法；将物体置于 III 分角内，使投影面与物体之间（假设投影面是透明的，并保持人—投影面—物的位置关系）而得到正投影的方法，称为第三角画法，如图 6-57a 所示。

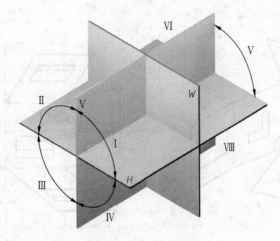

图 6-56 八个分角

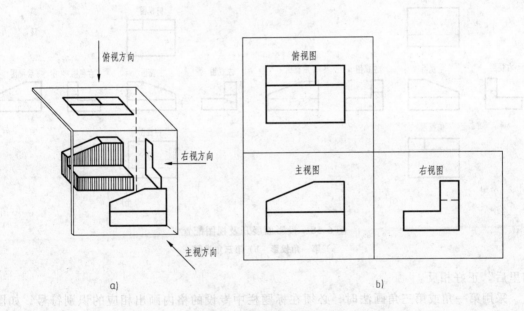

图 6-57 第三角画法及展开

投影面展开后所得的三视图，如图 6-57b 所示。

第一角画法和第三角画法的投影面展开方式及视图配置如图 6-58 所示。仔细比较可以看出，六个基本视图及其名称都是相同的。相应视图之间仍保持"长对正、高平齐、宽相等"的对应关系。

它们的主要区别是：

（1）视图的配置不同　由于两种画法投影面的展开方向不同（正好相反），所以视图的配置关系也不同。除主、后视图外，其他视图的配置一一对应相反，即上下对调、左右颠倒。

（2）视图与物体的方位不同　由于视图的配置关系不同，所以第三角画法中的俯视图、仰视图、左视图、右视图靠近主视图的一侧，均表示物体的后面，这与第一角画法的"外

机械制图（通用）

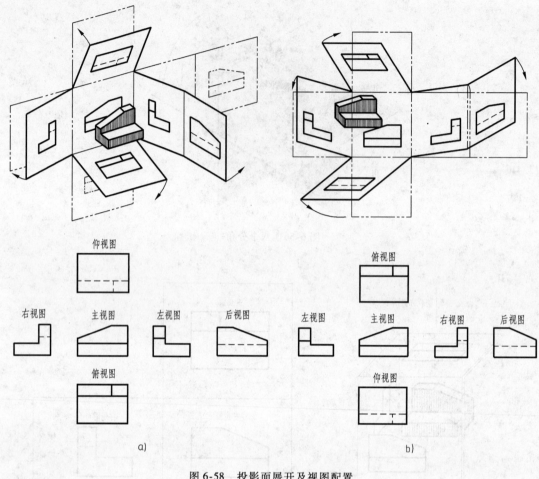

图 6-58　投影面展开及视图配置
a) 第一角投影　b) 第三角投影

前里后"正好相反。

采用第一角或第三角画法时，必须在标题栏中专设的格内画出相应的识别符号，如图 6-59 所示。由于我国采用第一角的画法，所以无需画出标志符号。当采用第三角画法时，则必须画出识别符号。

102

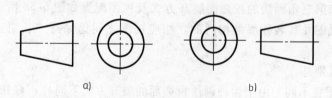

图 6-59　识别符号
a) 第一角画法　b) 第三角画法

# 标准件和常用件

在各种设备中，经常要用到螺栓、螺柱、螺钉、螺母、垫圈、键、销、滚动轴承等零件。这些零件的机构、尺寸及技术要求等，国家都制定了统一的标准，因此，称这类零件为标准件。

有些零件虽不属于标准件，但它们的某些机构与尺寸已部分地标准化了，如齿轮、弹簧等，这类零件应用比较广泛，称为常用件。

 **7-1  螺纹和螺纹紧固件**

## 学习目标

1. 了解螺纹的形成、种类和用途，熟悉螺纹的要素。
2. 掌握螺纹的规定画法、标注和查表方法。
3. 熟悉常用螺纹紧固件连接的画法、种类、标记与查表方法。

## 制图任务

绘制图 7-1 所示的螺栓连接

1）按比例画法，根据计算确定的尺寸，画出三视图轴线和大径 $d$，并定出各零件的高度，如图 7-2a 所示。先确定螺栓公称长度，根据螺栓连接的比例关系计算出紧固件的各部分绘图尺寸，两零件的接触表面只画一条粗实线。

2）画出螺栓、螺母、垫圈等零件的外形轮廓以及两板的通孔投影如图 7-2b 所示，通孔直径 $d_h$ 取 $1.1d$，螺栓和孔之间是不接触表面，都应画出间隙。垫圈的外圆直径 $d_2$ 取 $2.2d$，厚度取 $0.15d$。

3）画出螺栓、螺母等各部分形状如图 7-2c 所示。

4）画出被连接件的剖面线，完成螺栓连接装配图，如图

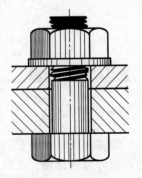
图 7-1  螺栓连接

7-2d 所示，不同零件的剖面线方向应相反，或者方向一致而间隔不等。剖切平面通过螺杆轴线时，螺栓、螺母可按不剖绘制，仍画外形。

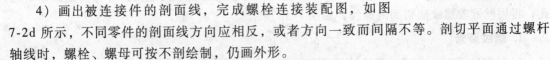

103

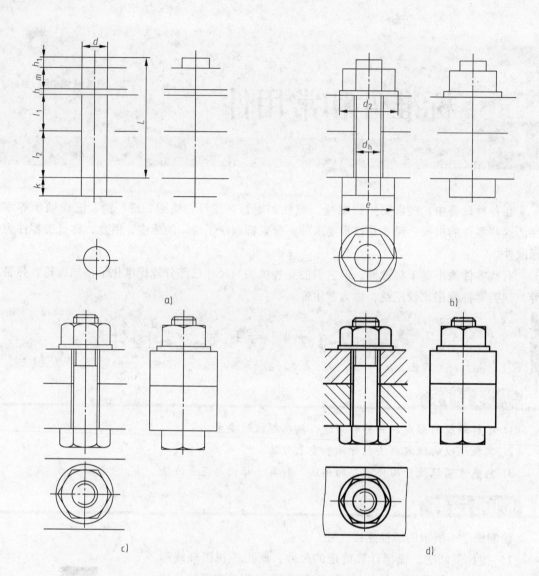

图 7-2　绘制螺栓连接

**知识链接**

## 一、螺纹

螺纹为回转表面上沿螺旋线所形成的、具有相同剖面的连续凸起和沟槽。螺纹在回转体外表面时为外螺纹，在回转体内表面（即孔壁上）时为内螺纹。

图 7-3a、b 所示为在车床上加工螺纹的情况；对于直径较小的螺孔，可先用钻头钻出光孔，再用丝锥攻螺纹而得到内螺纹，如图 7-3c 所示。

### 1. 螺纹要素

（1）螺纹牙型　在通过螺纹轴线的剖面上，螺纹的轮廓形状，称为螺纹牙型。

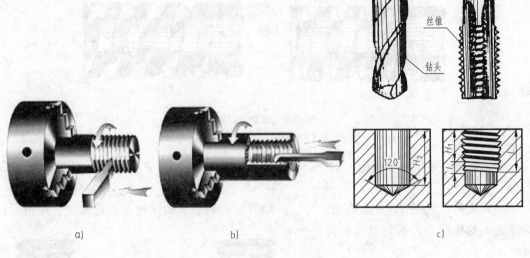

图 7-3  螺纹加工方法

a）车削外螺纹  b）车削内螺纹  c）用丝锥加工内螺纹

（2）公称直径  公称直径是代表螺纹尺寸的直径，通常指螺纹大径的基本尺寸。

螺纹直径有大径（外螺纹用 $d$ 表示，内螺纹用 $D$ 表示）、中径和小径之分，如图 7-4 所示。外螺纹的大径和内螺纹的小径也称顶径。

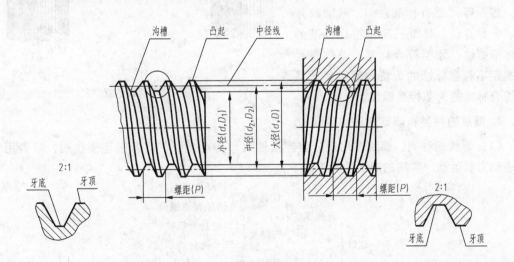

图 7-4  螺纹要素

（3）线数 $n$  螺纹有单线和多线之分。沿一条螺旋线形成的螺纹称为单线螺纹，沿两条或两条以上、在轴向等距分布的螺旋线形成的螺纹称为多线螺纹，如图 7-5 所示。

（4）螺距 $P$  相邻两牙在中径线上对应两点间的轴向距离称为螺距，如图 7-5 所示。

（5）导程 $Ph$  同一螺旋线上的相邻两牙在中径线上对应两点间的轴向距离称为导程，如图 7-5 所示。

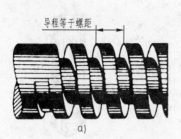
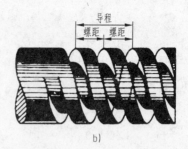

图 7-5　螺距与导程

a）单线螺纹　b）双线螺纹

单线螺纹的导程等于螺距，即 $Ph = P$；多线螺纹的导程等于线数乘以螺距，即 $Ph = P \times n$。

（6）旋向　螺纹有左旋和右旋之分。按顺时针旋转旋入的螺纹是右旋螺纹；按逆时针旋转旋入的螺纹是左旋螺纹，如图 7-6 所示。

内、外螺纹是配合使用的，只有螺纹的牙型、公称直径、线数、螺距和旋向都完全相同的内、外螺纹才能进行旋合。

螺纹牙型的结构、尺寸（如公称直径、螺距等）都有标准系列。凡螺纹牙型、公称直径、螺距三项都符合标准的为标准螺纹；牙型符合标准，公称直径或螺距不符合标准的为特殊螺纹；牙型不符合标准的为非标准螺纹。

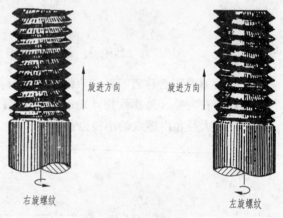

图 7-6　螺纹的旋向

**2. 螺纹的种类和规定画法**

（1）螺纹的种类　螺纹按用途分为连接螺纹和传动螺纹，前者起连接作用，后者用于传递动力和运动。常用的螺纹的种类如下：

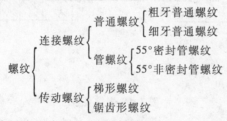

螺纹按国家标准规定的画法画出后，图上未标明牙型、公称直径、螺距、线数和旋向等要素，因此，需要用标注代号或标记的方式来说明。

（2）螺纹的规定画法

1）外螺纹。外螺纹的规定画法如图 7-7 所示。

2）内螺纹。内螺纹的主视图中，牙顶线（小径）用粗实线绘制牙底线（大径）用细实

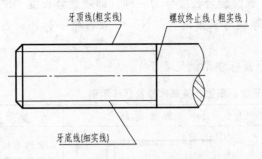

牙顶线(粗实线)　螺纹终止线（粗实线）　牙顶圆（粗实线）

牙底圆（细实线）

牙底线(细实线)

图 7-7　外螺纹的规定画法

线绘制，螺纹终止线用粗实线绘制，剖面线画到粗实线处。钻孔锥角 120°，倒角 C2。内螺纹
的左视图中，投影为圆的视图中，牙顶
用粗实线绘制，牙底用细实线绘制，表
示牙底的细实线圆只画 3/4 圈，孔口的
倒角圆省略不画，如图 7-8 所示。

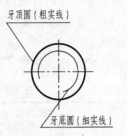

　　3）螺纹旋合。螺纹旋合如图 7-9
所示，主视图剖视中，内外螺纹旋合部
分按外螺纹的画法绘制。未旋合部分
按各自原有的画法绘制，表示大小径
的细实线和粗实线应分别对齐。

图 7-8　内螺纹的规定画法

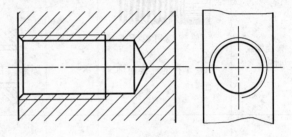

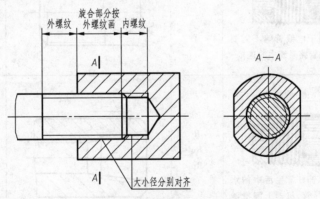

旋合部分按
外螺纹　外螺纹画　内螺纹

A

A—A

A

大小径分别对齐

图 7-9　螺纹旋合的规定画法

### 3. 常用螺纹的标记

普通螺纹的标记格式如下：

| 特征代号 | 公称直径 | × | 导程 | 螺距 | - | 公差带代号 | - | 旋合长度代号 | - | 旋向 |

例如，标记 M20×1.5-5g6g-S-LH，其含义为：

普通螺纹（M），公称直径为 20，细牙，螺距为 1.5，中径公差带代号为 5g，顶径公差
带代号为 6g，短旋合长度（S），左旋（LH）。

　　上述普通螺纹的标记规定中，还需说明的是：单线螺纹不注导程，粗牙螺纹不注螺距；

中径和顶径公差带相同时只注一次$^{\ominus}$；螺纹旋合长度分为三种，即短旋合长度"S"、长旋合长度"L"和中等旋合长度"N"，中等旋合长度时，"N"一般省略不标注；右旋时不注旋向。

常用螺纹的牙型、用途、特征代号及标注示例见表7-1。

表 7-1　螺纹的牙型、用途、特征代号及标注示例

| 类　型 | 牙型及用途 | 特征代号 | 标 注 示 例 | 标 记 说 明 |
|---|---|---|---|---|
| 普通螺纹 粗牙 | 一般连接用粗牙普通螺纹 薄壁零件的连接用细牙普通螺纹 | M | M20−5g6g−S | 公称直径为20的粗牙普通螺纹，中径和顶径公差带代号分别为5g、6g，短旋合长度 |
| 普通螺纹 细牙 | | | M10×1−LH | 公称直径为10的细牙普通螺纹，螺距为1，中、顶径公差带代号均为6H，中等旋合长度，左旋 |
| 55°非密封管螺纹 | 常用于电线管等不需要密封的管路系统中的连接 | G | G1/2A−LH | 非螺纹密封的外管螺纹，尺寸代号为1/2，左旋，公差等级为A级 |
| 55°密封管螺纹 | 常用于日常生活中的水管、煤气管、机器上润滑油管等系统中的连接 | R Rc Rp | Rc1/2−LH | 螺纹密封的圆锥（内）管螺纹，尺寸代号1/2，左旋 |

---

$\ominus$　在下列情况下，中等公差精度螺纹不注其公差代号：

（1）内螺纹

　　5H：公称直径≤1.4mm。

　　6H：公称直径≥1.6mm。

（2）外螺纹

　　6h：公称直径≤1.4mm。

　　6g：公称直径≥1.6mm。

(续)

| 类　型 | 牙型及用途 | 特征代号 | 标注示例 | 标记说明 |
|---|---|---|---|---|
| 梯形螺纹 | 多用于各种机床上的传动丝杠,传递双向动力 | Tr | *Tr22×10(P5)LH－7e* | 公称直径 $d$ = 22,双线,导程 $Ph$ = 10,螺距 $P$ = 5,左旋,中径公差带代号 7e,中等旋合长度的梯形螺纹 |
| 锯齿形螺纹 | 用于螺旋压力机的传动丝杠,传递单向动力 | B | *B40×14(P7)LH－8c－L* | 公称直径 $d$ = 40,导程 $Ph$ = 14,螺距 $P$ = 7,左旋,公差带代号 8c,长旋合长度的锯齿形螺纹 |

## 二、螺纹紧固件

在机器设备上,常见的螺纹连接形式有螺栓连接、螺柱连接和螺钉连接。螺纹紧固件包括螺栓、螺柱、螺钉、螺母和垫圈等,这些零件都是标准件。国家标准对它们的结构、形式和尺寸大小都作了规定,并制定了不同的标记方法。

### 1. 常用螺纹紧固件的简化标记

常用的螺纹紧固件见表 7-2。

表 7-2　常用的螺纹紧固件

| 名　称 | 立体图 | 图　例 | 标记及说明 |
|---|---|---|---|
| 六角头螺栓 | | M12, 50 | 螺栓　GB/T 5782　M12×50(A级六角螺栓,螺纹规格 $d$ = M12,公称长度为 $l$ = 50) |
| 双头螺柱 | | $b_m$, 50, M12 | 螺柱　GB/T 899　M12×50(双头螺柱,两端均为粗牙普通螺纹,螺纹规格 $d$ = M12,公称长度 $l$ = 50,B型, $b_m$ = $d$) |
| 螺钉 | | M12, 50 | 螺钉　GB/T 68　M12×50(开槽沉头螺钉,螺纹规格 $d$ = M12,公称长度 $l$ = 50) |

（续）

| 名　称 | 立体图 | 图　例 | 标记及说明 |
|---|---|---|---|
| 六角螺母 |  | | 螺母　GB/T 6170　M12<br>（A 级的 1 型六角螺母，螺纹规格 $D$ = M12） |
| 平垫圈 | | ⌀13 | 垫圈　GB/T 97.1　12<br>（A 级平垫圈，公称尺寸（指螺纹大径）$d$ = 12，从标准中可查得，当垫圈公称尺寸 $d$ = 12 时，该垫圈的孔径为 13） |
| 弹簧垫圈 | | ⌀16.4 | 垫圈　GB/T 93　16<br>（标准型弹簧垫圈，公称尺寸（指螺纹大径）$d$ = 16） |

### 2. 螺纹紧固件的连接画法

（1）螺栓连接　螺栓适用于连接两个不太厚的和需要经常拆卸的场合。连接时将螺栓穿过两个被连接零件的光孔，再套上垫圈，然后用螺母紧固，如图 7-10 所示。普通螺栓连接的近似画法如图 7-11 所示。

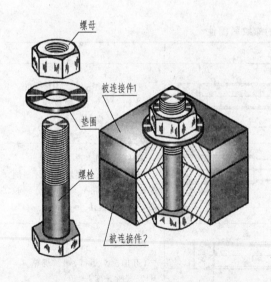

图 7-10　螺栓连接

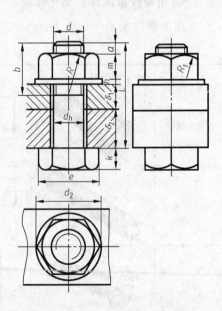

图 7-11　六角头螺栓的近似画法

在图 7-11 所示的近似画法中：

$d_2 = 2.2d$，$e = 2d$，$k = 0.7d$，$h = 0.15d$，$m = 0.8d$，$a = (0.3 \sim 0.4)d$，$b = (1.5 \sim 2)d$，$d_h = 1.1d$，$R = 1.5d$，$R_1 = d$（$d$ 为螺栓的公称直径）。

画螺栓连接图时，应根据螺栓的直径和被连接件的厚度等，计算螺栓的有效长度 $L$，即

$$L \geqslant \delta_1 + \delta_2 + h + m + a$$

式中　$\delta_1$、$\delta_2$——被连接零件的厚度；

　　　　$h$——平垫圈的厚度；

　　　　$m$——螺母高度；

　　　　$a$——螺栓顶端露出螺母外的高度。

按上式计算出的螺栓长度，要按螺栓长度系列选取相近的标准长度。

（2）双头螺柱连接　当两个被连接的零件中，有一个较厚或不适宜用螺栓连接时，常采用双头螺柱连接。双头螺柱的两端都有螺纹，一端（旋入端）旋入被连接件的螺孔内，另一端（紧固端）穿过另一被连接件的通孔，套上垫圈，再用螺母拧紧，如图 7-12 所示。双头螺柱连接的画法如图 7-13 所示（其俯视图及各部分的画法比例与图 7-11 相同）。

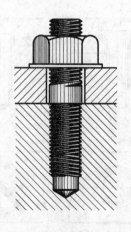

图 7-12　双头螺柱连接

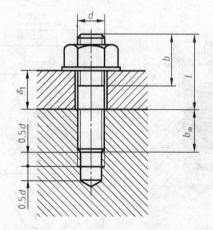

图 7-13　双头螺柱连接画法

画双头螺柱连接图时，应注意：

1）双头螺柱旋入端的螺纹长度（$b_m$）与被旋入的零件材料有关。对于钢或青铜等硬材料，取 $b_m = d$；铸铁取 $b_m = 1.25d - 1.5d$；铝等轻金属取 $b_m = 2d$。

2）螺柱旋入端应全部旋入螺孔，即旋入端的螺纹终止线与两个被连接件的接触面应画成一条线，弹簧垫圈的画法如图 7-14 所示。

（3）螺钉连接　螺钉连接用于受力不大的地方，将螺杆穿过较薄被连接零件的通孔后，直接旋入较厚被连接零件的螺孔内，即可将两被连接零件紧固，如图 7-15 所示。螺钉连接的画法如图 7-16 所示。图 7-17 所示为常用的开槽盘头螺钉、开槽沉头螺钉连接图的简化画法。

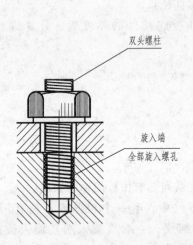
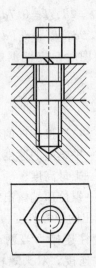

图 7-14　双头螺柱连接简化画法

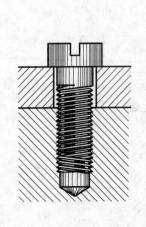
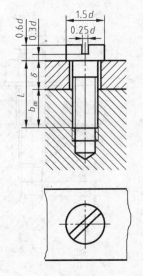
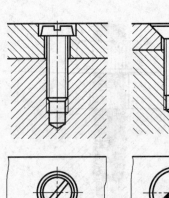
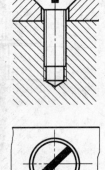
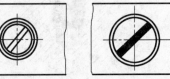

图 7-15　螺钉连接　　图 7-16　螺钉连接的画法　　图 7-17　螺钉连接的简化画法

## 7-2　齿　轮

 学习目标

1. 了解标准直齿圆柱齿轮轮齿部分的名称与尺寸关系。
2. 能识读和绘制单个和啮合的标准直齿圆柱齿轮图。

**制图任务**

一、识读如图 7-18 所示标准直齿圆柱齿轮的零件图

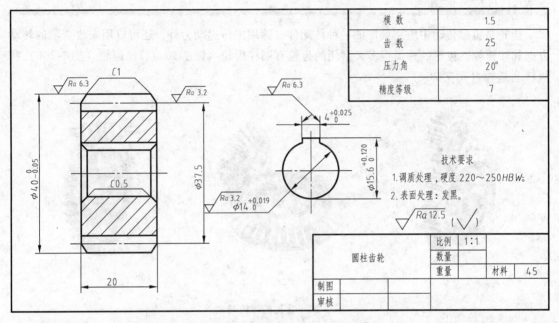

| 模 数 | 1.5 |
|---|---|
| 齿 数 | 25 |
| 压力角 | 20° |
| 精度等级 | 7 |

图 7-18　标准直齿圆柱齿轮零件图

　　标准直齿圆柱齿轮零件图如图 7-18 所示，它除具有一般零件的内容外，还应在图的右上角参数表中注写模数、齿数、压力角等基本参数。

　　齿轮的零件图，其主视图一般采用剖视的画法，而左视图可根据需要画成完整的视图或只画出轴孔的局部视图。齿轮的齿顶圆、分度圆及齿轮的有关尺寸必须直接注出，而齿根圆直径不必标注。

二、绘制单个直齿圆柱齿轮

　　1）定基准线，绘制齿轮的轴向视图，如图 7-19a 所示。

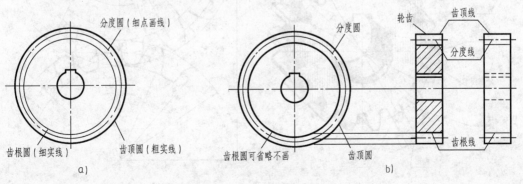

图 7-19　齿轮的视图

113

2）绘制全剖的径向视图，如图 7-19b 所示。分度线用细点画线绘制，齿顶线用粗实线绘制，轮齿按不剖处理，齿根线用粗实线绘制（在径向视图上，若不画成剖视，则齿根线用细实线绘制或省略不画）。

**知识链接**

齿轮是机械传动中应用最广的一种传动件，除用来传递动力外，还可以用来改变轴的转动方向和转速等。齿轮的种类很多，常用的齿轮有圆柱齿轮（图 7-20a）、锥齿轮（图 7-20b）和蜗杆与蜗轮（图 7-20c）。

a)                    b)                    c)

图 7-20  常见的齿轮转动

a）圆柱齿轮  b）锥齿轮  c）蜗杆与蜗轮

**一、圆柱齿轮**

圆柱齿轮上的轮齿有直齿、斜齿和人字齿之分。

直齿圆柱齿轮轮齿各部分名称及代号如图 7-21 所示。

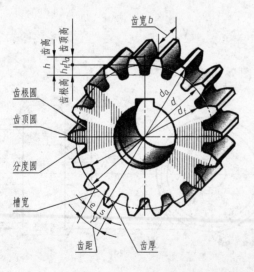
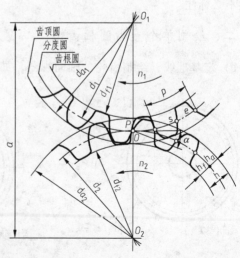

图 7-21  齿轮各部分名称及代号

1）齿顶圆（直径 $d_a$）：通过轮齿顶部的圆。

2）齿根圆（直径 $d_f$）：通过轮齿根部的圆。

3）分度圆（直径 $d$）：设计、制造齿轮时，对轮齿各部分进行尺寸计算的基准圆。

4）齿顶高（$h_a$）：分度圆到齿顶圆之间的径向距离。

5）齿根高（$h_f$）：分度圆到齿根圆之间的径向距离。

6）齿高（$h$）：齿顶圆到齿根圆之间的径向距离。

7）齿距（$p$）：在分度圆上，相邻两齿对应点间的弧长；齿距由齿厚 $s$ 和槽宽 $e$ 组成。对于标准齿轮来说，$s = e = p/2$。

8）齿宽（$b$）：齿轮有齿部位沿分度圆柱面的素线方向度量的宽度。

9）齿数（$z$）：轮齿个数。

10）模数（$m$）。由于分度圆的圆周长 $= \pi d = zp$，所以 $d = pz/\pi$，令 $p/\pi = m$，则 $d = mz$。其中，$m$ 称为模数，单位为 mm，它是设计、制造齿轮的重要参数。模数大，轮齿各部分尺寸也随之成比例增大，齿轮的承载能力就大。两啮合齿轮的模数 $m$ 必须相等。为了便于设计和加工，减少刀具数目，模数的数值已标准化，见表 7-3。

表 7-3　渐开线圆柱齿轮模数（摘自 GB/T 1357—2008）

| 第 I 系列 | 第 II 系列 |
|---|---|
| 1　1.25　1.5　2　2.5　3　4　5　6　8　10　12　16 20　25　32　40　50 | 1.125　1.375　1.75　2.25　2.75　3.5　4.5　5.5 (6.5)　7　9　11　14　18　22　28　36　45 |

注：应避免采用第 II 系列中的法向模数 6.5。

标准齿轮轮齿各部分的尺寸都根据模数来确定，见表 7-4。

表 7-4　标准直齿圆柱齿轮轮齿各部分的尺寸计算

| 名　称 | 代　号 | 计　算　公　式 | 名　称 | 代　号 | 计　算　公　式 |
|---|---|---|---|---|---|
| 模数 | $m$ | $m = p/\pi = d/z$ | 齿顶高 | $h_a$ | $h_a = m$ |
| 分度圆直径 | $d$ | $d = mz$ | 齿根高 | $h_f$ | $h_f = 1.25m$ |
| 齿顶圆直径 | $d_a$ | $d_a = d + 2h_a = m(z+2)$ | 齿高 | $h$ | $h = h_a + h_f = 2.25m$ |
| 齿根圆直径 | $d_f$ | $d_f = d - 2h_f = m(z-2.5)$ | 齿距 | $p$ | $p = \pi m$ |
| 中心距 | $a$ | $a = (d_1 + d_2)/2 = m(z_1 + z_2)/2$ | | | |

单个直齿圆柱齿轮的画法如图 7-19b 所示，除轮齿部分外，其余部分仍按其真实投影绘制。

相互啮合的圆柱齿轮的画法如图 7-22 所示。在单个圆柱齿轮画法的基础上，注意以下几点：

1）相互啮合的两圆柱齿轮的分度圆相切，用细点画线绘制，如图 7-22a 所示；也可用省略画法，如图 7-22b 所示。

2）相互啮合的两圆柱齿轮的画法如图 7-22 所示。啮合区画 5 条线，即粗实线（从动齿轮齿根圆，$n_1$ 为主动轮）、粗实线（主动齿轮齿顶圆）、细点画线（分度圆）、虚线（从动齿轮齿顶圆）、粗实线（主动齿轮齿根圆）。图 7-22c 所示为省略画法，啮合区的齿顶线不

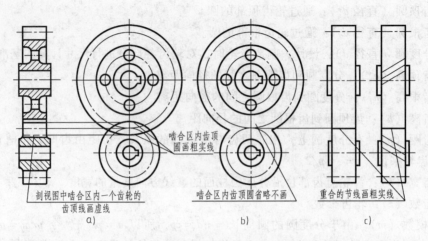

图 7-22　圆柱齿轮啮合的画法

画，分度线（节线）用粗实线绘制，其他处的分度线仍用细点画线绘制。

3）齿顶线与另一个齿轮齿根线之间有 $0.25m$ 间隙，如图 7-23b 所示。

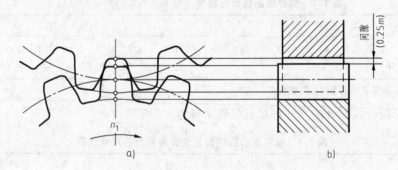

图 7-23　啮合齿轮的齿顶间隙

## 二、锥齿轮

锥齿轮用于两相交轴之间的转动，常见的是两轴相交成 90°（正交）。由于锥齿轮的轮齿分布在圆锥面上，所以轮齿的厚度、高度都沿着齿宽的方向逐渐变化，即模数是变化的。为了计算和制造方便，规定大端的模数为标准模数，并以它来决定其他各部分的尺寸，如图 7-24 所示。

单个锥齿轮的规定画法如图 7-25 所示。齿顶线、剖视图中的齿根线和大、小端的齿顶圆用粗实线绘制，分度线和大端的分度圆用点画线绘制，齿根圆及小端分度圆均不必画出。

锥齿轮的啮合画法与圆柱齿轮基本相同，在垂直于齿轮轴线的视图上，一个齿轮大端的分度线与另一个齿轮大端的分度圆相切，具体画法如图 7-26 所示。

## 三、蜗轮、蜗杆

蜗轮、蜗杆通常用于两交叉（一般是垂直交叉）轴之间的转动。蜗杆有单头和多头之分。蜗轮与圆柱斜齿轮相似，但其齿顶面制成环面。在蜗轮传动中，蜗杆是主动件，蜗轮是

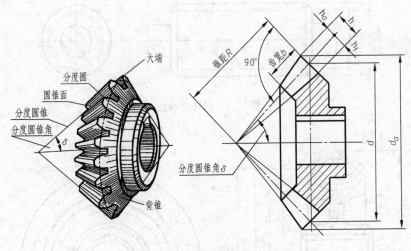

图 7-24　锥齿轮

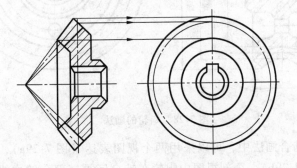

图 7-25　单个锥齿轮的画法

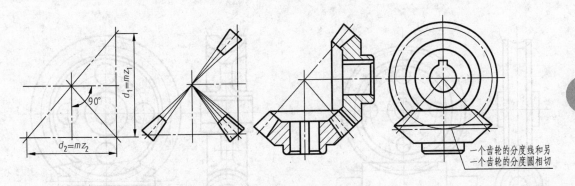

图 7-26　锥齿轮的啮合画法

从动件。

　　蜗杆的画法基本与圆柱齿轮相同，在两视图中，齿根线和齿根圆均可省略不画，如图7-27 所示。在垂直于蜗轮轴线的视图中，只画出蜗轮的分度圆和顶圆，喉圆和齿根圆不画，如图 7-28 所示。

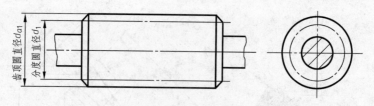

图 7-27　蜗杆的画法

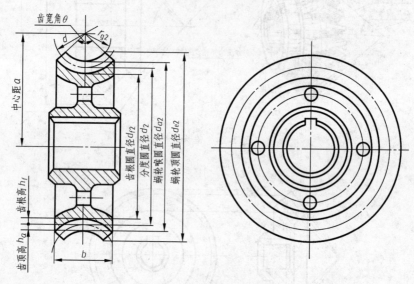

图 7-28　蜗轮的画法

在蜗轮、蜗杆的啮合画法中，可以采用两个视图表达（图 7-29a），也可以采用全剖视图和局部剖视图（图 7-29b）。全剖视图中蜗轮在啮合区被挡部分的虚线可省略不画，局部剖视中啮合区内蜗轮的齿顶圆和蜗杆的齿顶线也可省略不画。

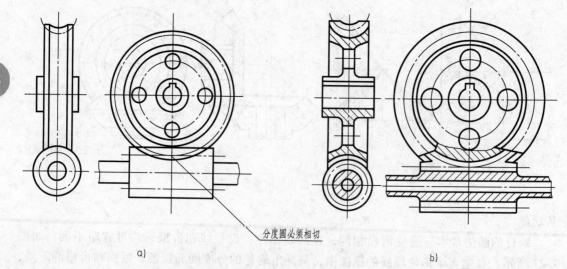

a)　　　　　　　　　　　　　b)

图 7-29　蜗轮、蜗杆啮合的画法

# 7-3 常用件

1. 了解键、销、滚动轴承的标记方法。
2. 了解常用件的表达方法。
3. 了解常用件的种类及用途。

## 知识链接

### 一、键连接的画法

普通平键和半圆键都以两侧面为工作面，起传递转矩作用。在键连接画法中，键的两个侧面与轴和轮毂接触，键的底面与轴接触，均画一条线；键的顶面为非工作面，与轮毂有间隙，应画成两条线，如图7-30所示。

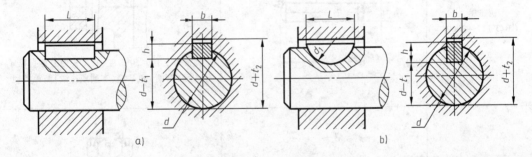

图 7-30 普通平键、半圆键连接画法
a) 普通平键连接   b) 半圆键连接

钩头楔键的顶面有1:100的斜度，用于静连接，利用键的顶面与底面使轴上零件固定，同时传递转矩和承受轴向力。在连接画法中，钩头楔键的顶面和底面分别与轮毂和轴接触，均应画成一条线；而两个侧面有间隙，应画出两条线，如图7-31所示。

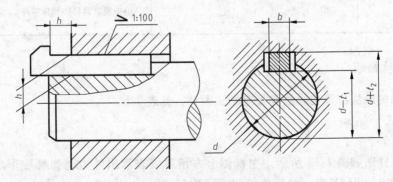

图 7-31 钩头楔键连接画法

## 二、销

销的类型、结构特点及应用见表7-5。

表7-5  销的类型、结构特点及应用

| 类　型 | 图　例 | 应用举例 |
|---|---|---|
| 圆柱销<br>GB/T 119.1—2000<br>（不淬硬钢和奥<br>氏体不锈钢） | 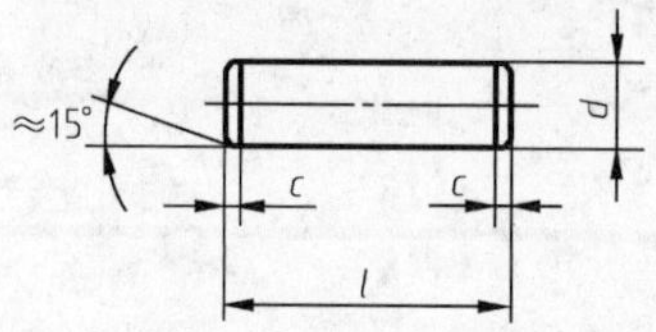 | 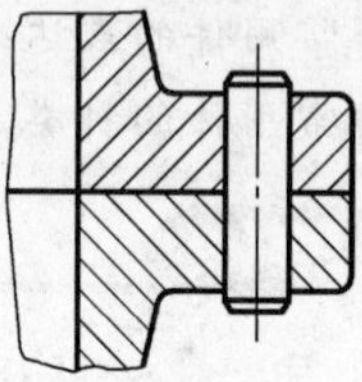 <br>主要用于定位，也用于连接 |
| 圆锥销<br>GB/T 117—2000 | 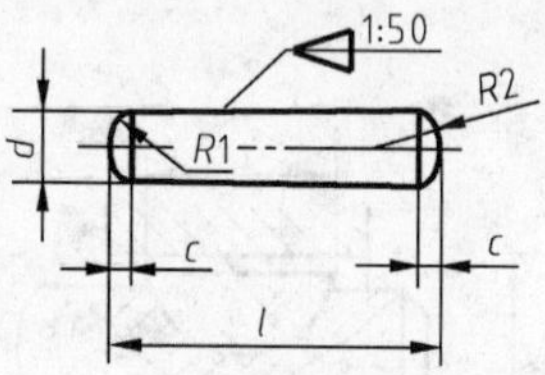 | 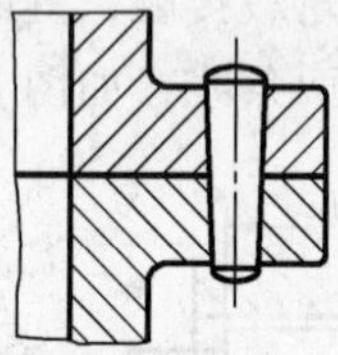 <br>圆锥销上有1:50锥度，其小头为公称直径 $d$。<br>有 A 型（磨削）和 B 型（车削或冷镦）两种类型 |
| 开口销<br>GB/T 91—2000 | 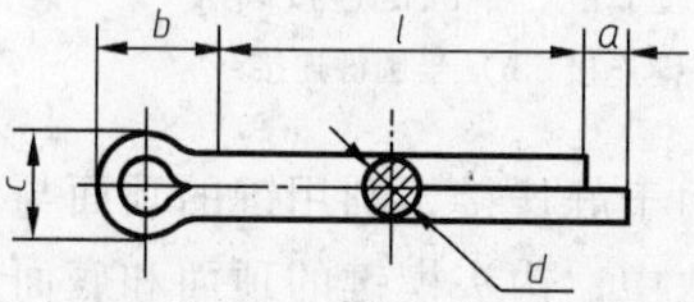 | 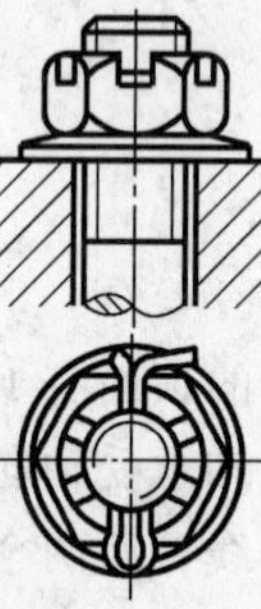 <br>用于锁紧螺母和其他零件 |

## 三、滚动轴承

滚动轴承的画法有简化画法和规定画法两种，见表7-6。

## 四、弹簧

弹簧的零件图如图7-32所示。主视图上方用斜线表示出外力与弹簧变形之间的关系。例如，当负荷 $P_2 = 752\text{N}$ 时，弹簧的长度缩短至55.6mm。

表 7-6 滚动轴承的简化画法和规定画法

| 轴承类型 | 简化画法 | | 规定画法 | 装配示意图 |
|---|---|---|---|---|
| | 通用画法 | 特征画法 | | |
| 深沟球轴承<br>GB/T 276—1994<br>60000 型 | | 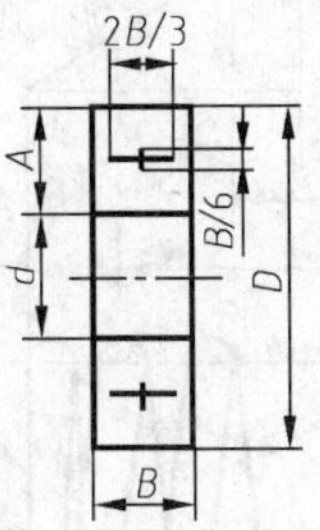 | 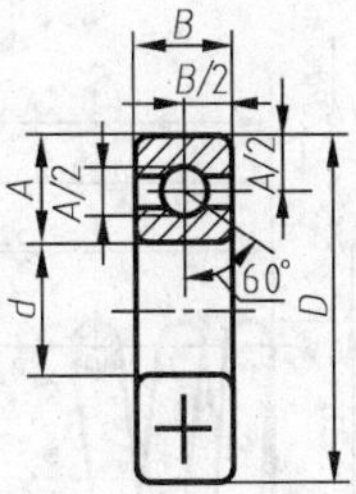 | 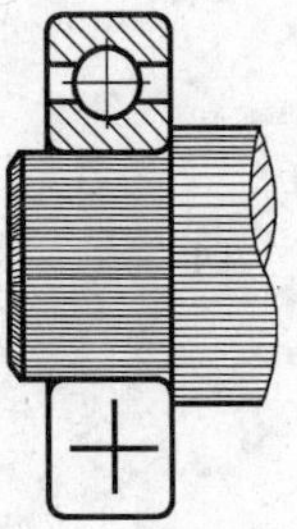 |
| 圆锥滚子轴承<br>GB/T 297—1994<br>30000 型 | 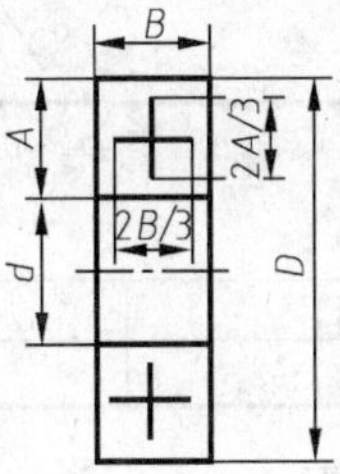 | 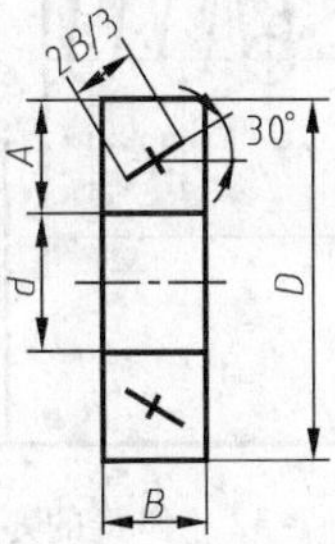 | 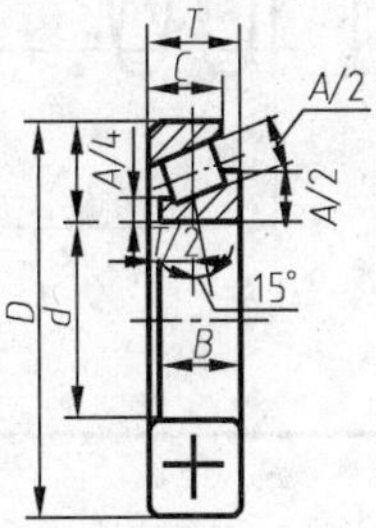 | 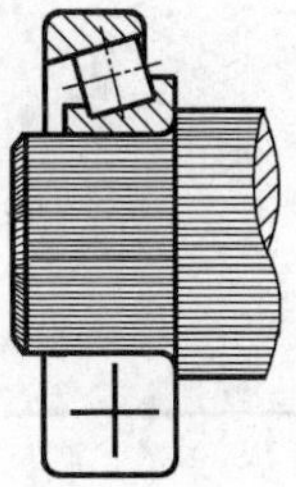 |
| 推力球轴承<br>GB/T 301—1995<br>51000 型 | | 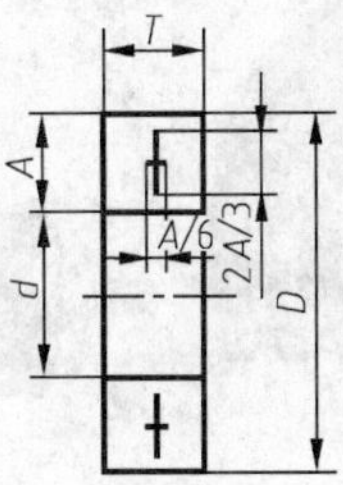 | 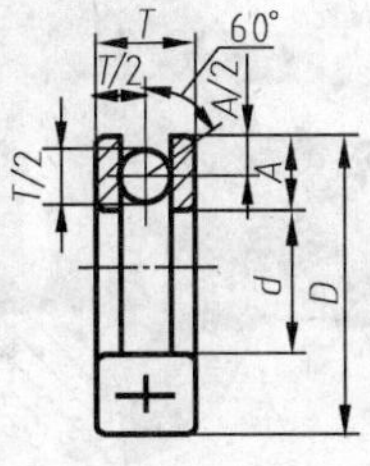 | 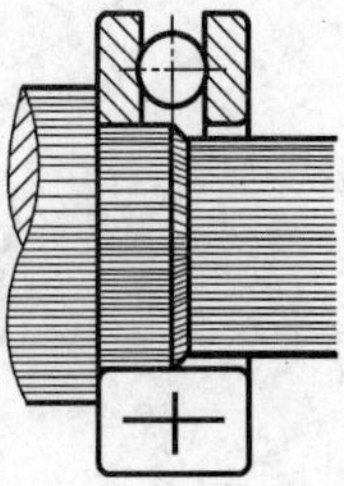 |
| 三种画法选用 | 当不需要确切地表示滚动轴承的外形轮廓、承载特性和结构特征时采用 | 当需要较形象地表示滚动轴承的结构特征时采用 | 滚动轴承的产品图样、产品样本、产品标准和产品使用说明书中采用 | |

121

## 知识链接

### 一、键连接

键用来连接轴和轴上的传动件（如齿轮、带轮、凸轮等），并通过它来传递运动或动力，如图 7-33 所示。

键的种类较多，常用的有普通平键、半圆键、钩头楔键等，其中普通平键应用最广，键的结构形式和标记见表 7-7。

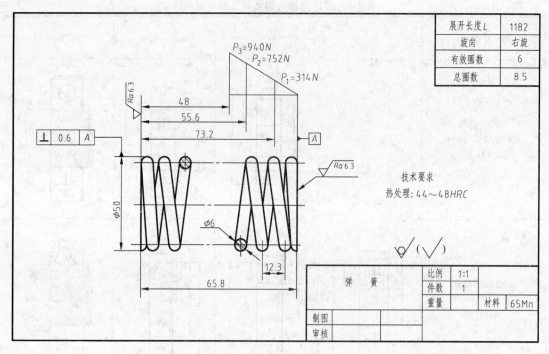

图 7-32　弹簧的零件图

a)　　　　　　　　　　b)

图 7-33　键连接

a）普通平键　b）半圆键

表 7-7　常用键的结构形式和标记示例

| 名　称 | 图　例 | 标记示例 |
|---|---|---|
| 普通型　平键<br>GB/T 1096—2003 | | $b=18, h=11, L=100$ 的普通 A 型 平键<br>GB/T 1096　键 18×11×100 |

（续）

| 名　称 | 图　例 | 标记示例 |
|---|---|---|
| 普通型　半圆键<br>GB/T 1099.1—2003 | 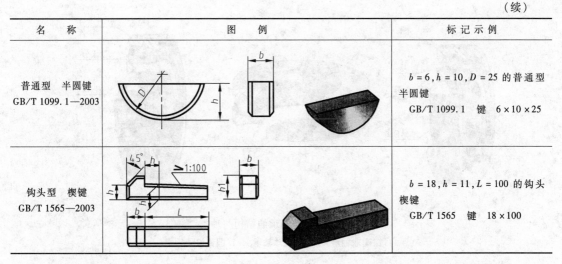 | $b=6, h=10, D=25$ 的普通型半圆键<br>GB/T 1099.1　键　$6 \times 10 \times 25$ |
| 钩头型　楔键<br>GB/T 1565—2003 | | $b=18, h=11, L=100$ 的钩头楔键<br>GB/T 1565　键　$18 \times 100$ |

## 二、销连接

销在机器中主要用于零件间的连接、定位或防松。常用的有圆柱销、圆锥销和开口销等，如图 7-34 所示。

a)　　　　　　　　　b)　　　　　　　　　c)

图 7-34　销

a）圆柱销　b）圆锥销　c）开口销

## 三、滚动轴承

### 1. 滚动轴承的结构

滚动轴承是支承轴旋转的部件，由于它具有摩擦阻力小，旋转精度高等优点，因此得到了广泛的应用。滚动轴承也是一种标准件。它的种类很多，一般由外圈、内圈、滚动体及保持架组成，如图 7-35 所示。

### 2. 滚动轴承的分类

滚动轴承的分类方法很多，按其承载特性可分三类：

1）向心轴承：主要承受径向载荷，如深沟球轴承（图 7-35a）。

2）推力轴承：主要承受轴向载荷，如推力球轴承（图 7-35 b）。

3）向心推力轴承：同时承受径向和轴向载荷，如圆锥滚子轴承（图 7-35c）。

### 3. 滚动轴承的代号

滚动轴承代号由前置代号、基本代号、后置代号依次排列组成。如没有特殊的结构和宽

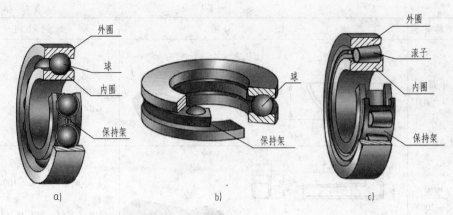

图 7-35　滚动轴承的结构与种类
a）深沟球轴承　b）推力球轴承　c）圆锥滚子轴承

度等要求，则一般均以基本代号表示。

基本代号由轴承类型代号、尺寸系列代号、内径代号构成。类型代号用数字或字母表示，见表 7-8。尺寸系列代号由滚动轴承的宽（高）度系列代号和直径代号用数字组合而成，它的主要作用是区别内径相同而宽度和外径不同的轴承，具体代号需查阅相关的国家标准。内径代号用数字表示，见表 7-9。

表 7-8　滚动轴承类型代号（摘自 GB/T 272—1993）

| 代　号 | 轴 承 类 型 | 代　号 | 轴 承 类 型 |
|---|---|---|---|
| 0 | 双列角接触球轴承 | 6 | 深沟球轴承 |
| 1 | 调心球轴承 | 7 | 角接触球轴承 |
| 2 | 调心滚子轴承和推力调心滚子轴承 | 8 | 推力圆柱滚子轴承 |
| 3 | 圆锥滚子轴承 | N | 圆柱滚子轴承，双列或多列用字母 NN 表示 |
| 4 | 双列深沟球轴承 | U | 外球面球轴承 |
| 5 | 推力球轴承 | QJ | 四点接触球轴承 |

表 7-9　滚动轴承内径代号及其示例

| 轴承公称内径/mm | | 内 径 代 号 | 示　　例 |
|---|---|---|---|
| 0.6 ~ 10（非整数） | | 用公称内径毫米数直接表示，在其与尺寸系列代号之间用"/"分开 | 深沟球轴承　618/2.5 $d = 2.5$ |
| 1 ~ 9（整数） | | 用公称内径毫米直接表示，对深沟球轴承及角接触球轴承 7、8、9 直径系列，内径与尺寸系列代号之间用"/"分开 | 深沟球轴承　618/5 $d = 5$ |
| 10 ~ 17 | 10 | 00 | 深沟球轴承　6200 $d = 10$ |
| | 12 | 01 | |
| | 15 | 02 | |
| | 17 | 03 | |

（续）

| 轴承公称内径/mm | 内 径 代 号 | 示 例 |
|---|---|---|
| 20 ~ 480（22、28、32 除外） | 公称内径除以 5 的商数，商数为个位数，须在商数左边加"0"，如 08 | 调心滚子轴承　23208<br>$d = 40$ |
| 22、28、32 及 ≥500 | 用公称内径毫米数直接表示，在其与尺寸系列代号之间用"/"分开 | 深沟球轴承　62/22　$d = 22$<br>调心滚子轴承　230/500　$d = 500$ |

例如，

代号 6204　GB/T 276—1994

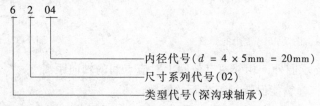

内径代号（$d = 4 \times 5 \text{mm} = 20 \text{mm}$）
尺寸系列代号（02）
类型代号（深沟球轴承）

代号 N2201　GB/T 283—1994

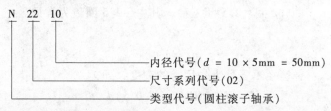

内径代号（$d = 10 \times 5 \text{mm} = 50 \text{mm}$）
尺寸系列代号（02）
类型代号（圆柱滚子轴承）

代号 6204—2Z/P6　GB/T 276—1994

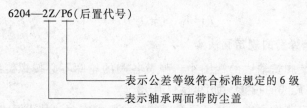

6204—2Z/P6（后置代号）

表示公差等级符合标准规定的 6 级
表示轴承两面带防尘盖

### 四、弹簧

弹簧常用于需储存能量、减震、夹紧、测力等场合。

弹簧的类型很多，有螺旋压缩（或拉伸）弹簧、扭力弹簧和涡卷弹簧等，如图 7-36 所示。本节仅介绍机械中最常用的圆柱螺旋压缩弹簧的画法。

**1. 圆柱螺旋压缩弹簧各部分的名称及尺寸计算**

圆柱螺旋压缩弹簧如图 7-37 所示，其各部分的名称包括：

1）簧丝直径 $d$：制造弹簧的金属丝的直径。

2）弹簧外径 $D$：弹簧的最大直径。

3）弹簧内径 $D_1$：弹簧的最小直径。

4）弹簧中径 $D_2$：弹簧的平均直径，即

$$D_2 = \frac{D + D_1}{2} = D_1 + d = D - d$$

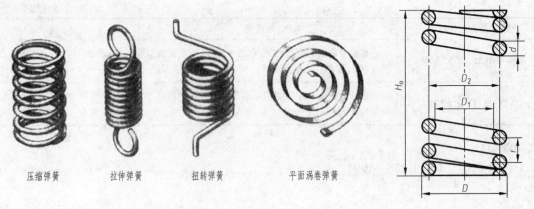

图 7-36  常用的弹簧

压缩弹簧    拉伸弹簧    扭转弹簧    平面涡卷弹簧

图 7-37  圆柱螺旋压缩弹簧

5）节距 $t$：除支承圈外，相邻两有效圈上对应点间的轴向距离。

6）有效圈数 $n$：弹簧能保持相等节距的圈数。

7）支承圈数 $n_0$：为了使弹簧工作时受力均匀，支承平稳，制造时将其两端并紧及磨平的圈数。支承圈有 1.5 圈、2 圈、2.5 圈三种，其中，2.5 圈最为常见。

8）总圈数 $n_1$：

$$n_1 = n + n_0$$

9）自由高度 $H_0$：弹簧在不受外力作用时的高度，即

$$H_0 = nt + (n_0 - 0.5)d$$

10）弹簧钢丝的展开长度 $L$：

$$L \approx n_1 \sqrt{(\pi D_2)^2 + t^2}$$

**2. 圆柱螺旋压缩弹簧的规定画法**

1）在平行于螺旋弹簧轴线的视图中，弹簧各圈的轮廓不必按螺旋线的真实投影画出，而是用直线来代替螺旋线的投影，如图 7-37 所示。

2）螺旋弹簧均可画成右旋，对必须保证的旋向要求应在"技术要求"中注明。

3）有效圈数在四圈以上的螺旋弹簧，中间各圈可以省略，只画出其两端的 1~2 圈（不包括支承圈），中间只需用通过簧丝剖面中心的细点画线连起来。省略后，允许适当缩小图形的高度，但应注明弹簧的自由高度。

4）在装配图中，螺旋弹簧被剖切后，不论中间各圈是否省略，被弹簧挡住的结构一般不画，其可见部分应从弹簧的外轮廓线或从弹簧钢丝剖面的中心线画起，如图 7-38a 所示。

5）在装配图中，当弹簧钢丝的直径在图上等于或小于 2mm 时，其断面可以涂黑表示，如图 7-38b 所示，或采用图 7-38c 的示意画法。

**3. 圆柱螺旋压缩弹簧画法举例**

对于两端并紧、磨平的压缩弹簧，其作图步骤如图 7-39 所示。

1）以自有高度 $H_0$ 和弹簧中径 $D_2$ 作矩形，如图 7-39a 所示。

2）画出支承圈部分与簧丝直径相等的圆和半圆，如图 7-39b 所示。

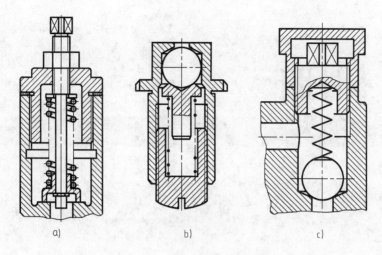

图 7-38　装配图中弹簧的画法

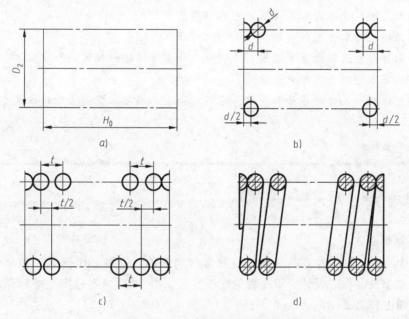

图 7-39　绘制圆柱螺旋压缩弹簧

3）根据节距 $t$ 作簧丝断面，如图 7-39c 所示。

4）按右旋方向作簧丝断面的切线。检查，加深轮廓线，如图 7-39d 所示。

# 课题八 零件图

## 8-1 识读零件图的表达方法

1. 了解零件图的基本内容及在生产中的作用。
2. 掌握正确识读零件图的步骤。
3. 熟悉零件视图选择的基本原则，掌握零件视图选择的一般方法和步骤。
4. 能够确定零件的合理的表达方案。
5. 掌握合理标注尺寸的方法和步骤，能够结合生产实习，提高合理标注尺寸的能力。

### 制图任务

一、识读图 8-1 所示轴的零件图

**1. 看标题栏**

标题栏中写明了与零件有关的内容（如零件的名称、材料、比例等）和与生产管理有关的内容（如单位名称、设计、审核者的责任签名、图号等）。零件图上的标题栏要按国家标准的规定画出并填写。

**2. 读一组图形**

图 8-1 所示的轴零件图采用了主视图（基本视图）和移出断面图，表达了零件的外部和断面结构。轴零件图的基本视图反映该零件由多个同轴圆柱体组成，断面图反映了键槽的深度。在零件图中，可以采用适当的视图、剖视图、断面图等表达方法，以一组图形完整、清晰地表达零件各部分的形状和结构。

**3. 读图中的尺寸标注**

为表达零件各部分的形状大小和相对位置关系，应在零件图上标注一组正确、完整、清晰、合理的尺寸，以满足零件制造和检验时的需要。该轴零件以右端面为长度方向的基准，标注的尺寸有 20、12、57、36、260；以中心轴线为高度方向的基准，标注的尺寸有 $\phi45$、

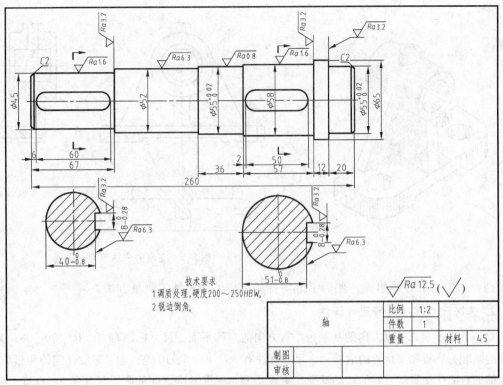

技术要求
1.调质处理,硬度200～250HBW。
2.锐边倒角。

| | 比例 | 1:2 | |
|---|---|---|---|
| 轴 | 件数 | 1 | |
| | 重量 | 材料 | 45 |
| 制图 | | | |
| 审核 | | | |

图 8-1 轴零件图

$\phi52$、$\phi55$ 等每段轴的直径尺寸。

**4. 读图中技术要求**

在零件图上可以用规定的符号、代号、数字或文字说明,简明、准确地给出零件在制造和检验时应达到的质量要求,如表面粗糙度、几何公差、调质处理、锐边倒角等各项要求。

## 二、选择图 8-2 所示支座的表达方案

**1. 主视图的表达**

如图 8-2 所示,A 向为支座零件的主视图的投影方向,采用形状特征的原则确定。并在视图内做局部剖视表达支座凸台上的通孔。

**2. 其他视图的选择**

如图 8-3 所示,当支座零件的主视图确定后,综合分析,选全剖的左视图,着重表达支承孔的内部结构及两侧支承板形状。俯视图选用 A—A 剖视,表达底板与支承板断面的形状。

选用这样的表达形式,既能将支座结构形状表达清楚,采用的视图数量又少,表达比较合理。

## 三、标注图 8-3 所示支座零件的尺寸

**1. 形体分析**

标注支承座零件的尺寸之前,先要对该零件进行结构分析,该图由底板、支承板、肋板

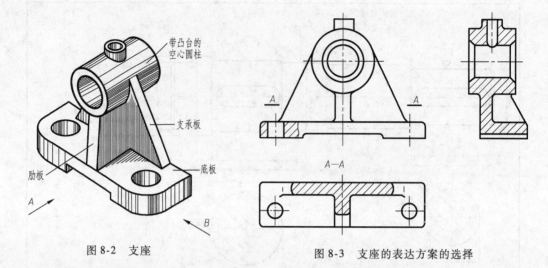

图 8-2　支座

图 8-3　支座的表达方案的选择

和带凸台的空心圆柱体组成；然后了解零件的工作性能和加工测量方法。

**2. 选择尺寸基准进行尺寸标注**

如图 8-4 所示，长度方向的基准为左右方向的对称平面，尺寸标注有 40、60、70、98；宽度方向的基准为底板和支承板的后端面，尺寸标注有 26、40、5、10 等，为了螺纹孔定位测量方便，以套筒的后面作为宽度方向的辅助基准，主要基准与辅助基准之间的联系尺寸是 5；高度方向的基准为底板底面，尺寸标注有 12、60、85 等，其中 60 为轴中心的定位尺寸，是保证轴承座使用精度的重要尺寸，必须从基准直接注出，为方便测量选择 M8 螺孔的顶面为工艺基准，标注出螺孔的深度尺寸 9；85 是高度方向主要基准和辅助基准之间的联系尺寸。

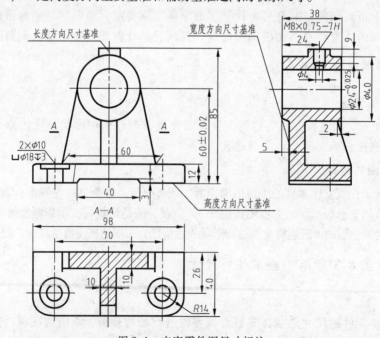

图 8-4　支座零件图尺寸标注

一、零件图

零件图是表达零件的形状结构、尺寸和技术要求的图样。一张完整的零件图，一般包括四方面内容。

（1）一组视图　包括视图、剖视图、断面图等表达方式，用于正确、完整、清晰地表达零件的形状结构。

（2）完整的尺寸　正确、完整、清晰、合理地标注出制造、检验零件的全部尺寸。

（3）技术要求　用规定的符号、数字及文字说明零件在制造和检验过程中应达到的各项技术要求，如尺寸公差、几何公差、表面粗糙度、材料的热处理与表面处理要求等。

（4）标题栏　用于填写出零件名称、材料、重量、数量、绘图比例、有关人员的签名及日期等。

二、表达方案的选择

表达方案的选择主要包括主视图、其他视图、表达方法等内容的选择，其中主视图选择是表达方案的核心内容。

**1. 零件图视图的选择**

选择零件图视图时主要考虑的内容应包括：零件各组成部分的形状及相对位置，视图数目的配置，便于作图、加工。要正确、完整、清晰、简便地表达零件的结构形状，关键是要选择一个合理的表达方案，其中包括主视图、视图数目及具体画法的选择。

（1）主视图的选择　主视图是一组视图的核心，其选择恰当与否，将直接影响着其他视图的选择，关系到读图、绘图是否方便。

1）选择主视图的投影方向。应考虑形体特征原则，将最能反映零件形状特征的方向作为主视图的投影方向。

2）选择主视图的位置。选择主视图的位置就是选择零件的摆放位置。选择主视图的位置时，应该考虑以下几个原则。

① 工作位置原则。主视图的位置应尽可能与零件在机械或部件中的工作位置相一致，如图 8-5 所示。

② 加工位置原则。主视图所表示的零件位置应尽量和该零件的主要工序的位置一致，以便读图，如图 8-6 所示。

③ 自然摆放稳定原则。如果零件的工作位置不固定，或者零件的加工工序较多而且加工位置多变时，可以按照它的自然摆放平稳的位置为主视图的位置，如图 8-7 所示。

在选择主视图时，应当根据零件的具体结构加工、使用情况加以综合考虑。其中，以反映形状特征原则为主，并尽量符合加工位置和工作位置。

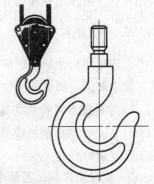

图 8-5　吊钩的工作位置

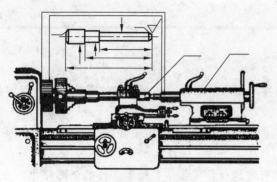

图 8-6　轴的加工位置

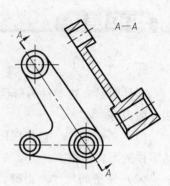

图 8-7　自然安装位置原则

（2）其他视图的选择　选定主视图后，应根据零件结构形状的复杂程度选择其他视图。

1）互补原则。其他视图主要用于表达零件在主视图中尚未表达清楚的部分，作为主视图的补充，这是选择其他视图的基本原则。主视图与其他视图在表达零件时，各有侧重，相互弥补，才能完整、清晰地表达零件的结构形状。

2）视图简化原则。在选用视图、剖视图等表达方法时，还要考虑绘图、读图的难易程度，力求减少视图数目，简化图形。为此，应采用简化画法。

**2. 选择视图时应注意的问题**

1）优先选用基本视图。

2）内形复杂的零件可取全剖视图；内外形需兼顾，且不影响清楚表达时可取局部剖。

3）尽量不用虚线表示零件的轮廓线，但用少量虚线可节省视图数量而又不在虚线上标注尺寸时，可适当采用虚线。

4）方案比较，择优选择。

① 在零件的结构形状表达清楚的基础上，视图的数量越少越好。在多种方案中比较、择优。

② 避免不必要的细节重复。

总之，零件的视图选择是一个比较灵活的问题，在选择时一般应当多考虑几种方案，加以比较后，力求用合理的方案表达零件。

**三、合理标注尺寸**

合理标注尺寸是指所标尺寸既要满足设计要求，保证机器的使用性能，又要满足工艺要求，便于加工、测量和检验。

**1. 零件图尺寸标注的基本步骤**

（1）尺寸基准的确定　零件的尺寸基准是指零件在设计、加工、测量和装配时，用来确定尺寸起始点的一些面、线或点。

1）设计基准和工艺基准。设计基准是指根据零件的结构和设计要求而选定的尺寸起始点；工艺基准是指根据零件在加工、测量、安装时的要求而选定的尺寸起始点。

2）主要基准和辅助基准。任何一个零件都有长、宽、高三个方向（或轴向、径向两个方向）的尺寸，每个方向的尺寸至少有一个基准，这就是主要基准。必要时还可以增加一些基准，即辅助基准。要注意的是：主要基准和辅助基准之间一定要有尺寸联系，如图8-8中的尺寸80、35；主要基准应尽量为设计基准同时也为工艺基准，辅助基准可为设计基准，也可为工艺基准，如图8-8所示。

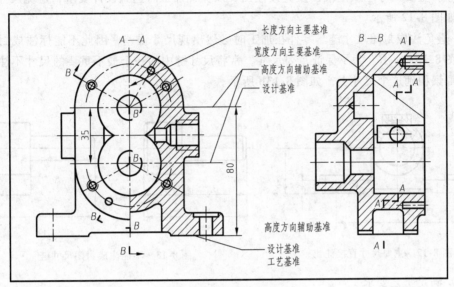

图 8-8 泵体的尺寸基准

（2）标注定位、定形尺寸 从基准出发，标注定位、定形尺寸有以下几种形式。

1）链状式。零件同一方向的几个尺寸依次首尾相连，称为链状式。链状式可保证各端尺寸的精度要求，但由于基准依次推移，使各端尺寸的位置误差受到影响，如图8-9所示。

2）坐标式。零件同一方向的几个尺寸由同一基准出发，称为坐标式。坐标式能保证所注尺寸误差的精度要求，各段尺寸精度互不影响，不产生位置误差积累，如图8-10所示。

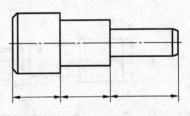

图 8-9 链状式尺寸注法

3）综合式。零件同方向尺寸标注既有链状式又有坐标式标注的，称为综合式，如图8-11所示。此种形式既能保证零件一些部位的尺寸精度，又能减少各部位的尺寸位置误差积累，在尺寸标注中应用最广泛。

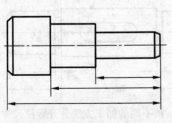

图 8-10 坐标式尺寸注法

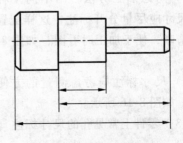

图 8-11 综合式尺寸注法

133

**2. 合理标注尺寸应满足的要求**

（1）满足设计要求

1）主要尺寸。主要尺寸是指零件的性能尺寸和影响零件在机器中工作精度、装配精度等的尺寸。主要尺寸应从基准出发直接注出，以保证加工时达到设计要求，避免尺寸之间的换算，如图 8-12 所示。

2）避免注成封闭尺寸链。零件在加工时必然出现尺寸误差，因此不能标注成封闭尺寸链，如图 8-13a 所示。为了保证重要尺寸，常将尺寸链中的一个最不重要的尺寸不注，使尺寸误差都累积到这个尺寸上，如图 8-13b 所示。

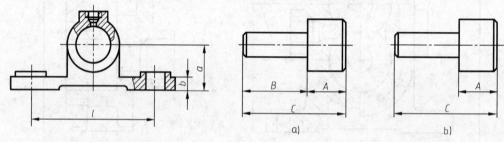

图 8-12　主要尺寸直接注出　　　图 8-13　不能注成封闭尺寸链

（2）满足工艺要求

1）按加工顺序标注尺寸，既便于看图，又便于加工测量，从而保证工艺要求，如图 8-14 所示。

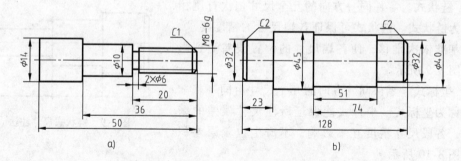

图 8-14　按加工顺序标注尺寸

a）一端加工　b）两端加工

2）考虑加工方法，用不同工种加工的尺寸应尽量分开标注，这样配置的尺寸清晰，便于加工时看图，如图 8-15所示。

3）尺寸标注应考虑测量的方便与可能，如图 8-16 所示。

（3）零件上常见孔的尺寸标注（表8-1）

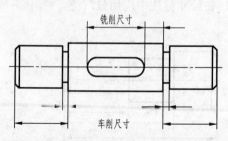

图 8-15　按不同的加工方法分开标注尺寸

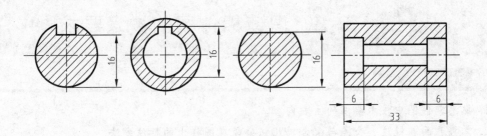

图 8-16　考虑测量方便

表 8-1　零件上常见孔的尺寸标注

| 类　型 | | 简　化　注　法 | | 普　通　注　法 |
|---|---|---|---|---|
| 光孔 | 一般孔 | 4×φ4▽10 | 4×φ4▽10 | 4×φ4 |
| 螺孔 | 通孔 | 3×M6-7H | 3×M6-7H | 3×M6-7H |
| | 不通孔 | 3×M6-7H▽10 孔▽12 | 3×M6-7H▽10 孔▽12 | 3×M6-7H |
| 沉孔 | 锥形沉孔 | 6×φ7 φ13×90° | 6×φ7 φ13×90° | 90° φ13 6×φ7 |
| | 柱形沉孔 | 4×φ6.4 ⊔φ12▽4.5 | 4×φ6.4 ⊔φ12▽4.5 | φ12 4.5 4×φ6.4 |

## 8-2 识读零件图的技术要求

**学习目标**

1. 熟悉零件图中技术要求的主要内容。
2. 掌握表面粗糙度、公差与配合、几何公差在图样上的标注方法。
3. 能够正确识读零件图上的表面粗糙度、尺寸公差、几何公差等技术要求。

**制图任务**

**一、识读图 8-17 所示套筒零件图上表面粗糙度的标注方法和含义**

图 8-17 中表面粗糙度代号的含义：

$\sqrt{}^{Ra\,1.6}$ 表示套筒零件左端面用去除材料的方法获得，表面粗糙度上限值为 1.6μm。

$\sqrt{}^{Ra\,3.2}$ 表示套筒零件的表面用去除材料的方法获得，表面粗糙度上限值为 3.2μm。

$\sqrt{}^{Ra\,6.3}$ ($\sqrt{}$) 表示套筒未标注表面粗糙度数值的表面用去除材料的方法获得，表面粗糙度上限值均为 6.3μm。

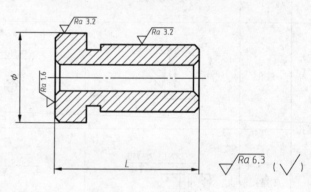

图 8-17 套筒

**二、识读图 8-18 所示零件图上配合代号的含义**

图 8-18 所示的尺寸公差和配合的标注方法分析如下：

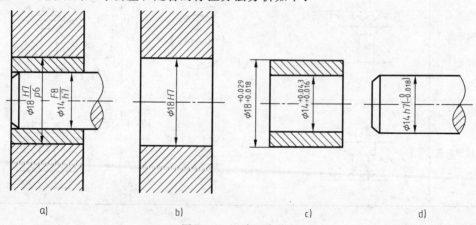

a)          b)          c)          d)

图 8-18 识读配合代号

1）当公称尺寸后面只标注公差带的代号时，如图 8-18b 所示，配合精度明确，标注简单，但数值不直观，适用于量规检测的尺寸。这种标注法和采用专用量具检验零件统一起来，适应大批量生产的需要，不需标注偏差数值。

2）当公称尺寸后面只标注偏差数值时，如图 8-18c 所示，数值直观，用万能量具检测方便。这种注法主要用于小量或单件生产，以便加工和检验时减少辅助时间。

3）当公称尺寸后面同时标注公差带代号和偏差数值时，如图 8-18d 所示，适用于生产批量不确定的场合。

4）在装配图上的标注形式为公称尺寸后接分数，分子为孔的基本偏差代号、公差等级；分母为轴的基本偏差代号、公差等级。当采用基孔制时，分子为基准孔代号 H 及公差等级。当采用基轴制时，分母为基准轴代号 h 及公差等级，如图 8-18a 所示。

### 三、识读图 8-19 所示轴零件图中标注的几何公差的含义

**1. 零件表面几何公差标注方法**

1）当被测要素为轮廓要素时，从框格引出的指引线箭头，应指在该要素的轮廓线或其延长线上。

2）当被测要素是轴线或对称中心线（中心要素）时，应将箭头与该要素的尺寸线对齐，如 M36×2 轴线的同轴度注法。当基准要素是轴线时，应将基准符号与该要素的尺寸线对齐，如图 8-19 所示的基准 A。

**2. 图 8-19 零件几何公差代号的含义**

⊚ 0.02 A 表示 $\phi 30^{+0.04}_{-0.01}$ 圆柱面回转轴线对基准 A 的同轴度公差为 0.02mm。

⊚ 0.04 A 表示 M36×2 的轴线对基准 A 的同轴度公差为 0.04mm。

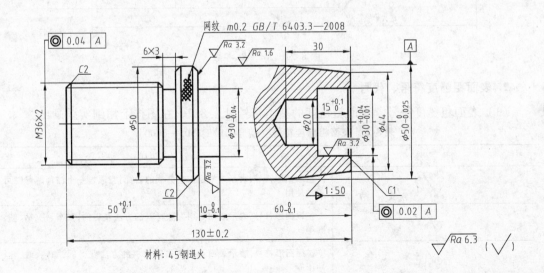

图 8-19 轴零件图

137

**知识链接**

一、表面粗糙度

**1. 表面粗糙度的概念及评定参数**

经过机械加工后所得的零件表面，不管多光滑，在金相显微镜下观察都是凹凸不平的，如图 8-20 所示。表示零件表面具有的较小间距和峰谷所组成的微观集合形状特性就是表面粗糙度。表面粗糙度是评定零件表面质量重要指标之一，零件表面粗糙度，对零件的配合质量、抗拉强度、耐磨性、耐腐蚀性、疲劳强度都有很大的影响。

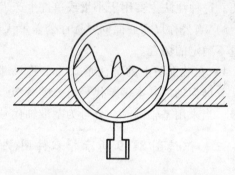

图 8-20　零件表面

GB/T 3505—2000 规定了多种表面粗糙度的评定参数，本书只介绍常用的轮廓算术平均偏差 $Ra$ 和轮廓的最大高度 $Rz$。

如图 8-21 所示，轮廓算术平均偏差 $Ra$ 为在取样长度 $L$ 内，轮廓偏距绝对值的算术平均值。轮廓的最大高度 $Rz$ 为在取样长度 $L$ 内，轮廓峰顶线与轮廓谷底线之间的距离。

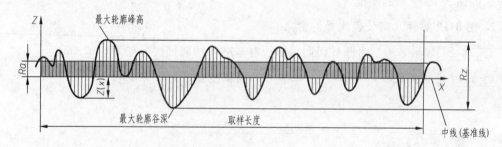

图 8-21　$Ra$、$Rz$ 参数

**2. 表面粗糙度符号、代号**

（1）表面粗糙度符号　表面粗糙度的基本符号见表 8-2，在图样上用细实线画出。

表 8-2　表面粗糙度符号（摘自 GB/T 3505—2000）

| 符　号 | 意义及说明 |
| --- | --- |
| √ | 基本图形符号，表示未指定工艺方法的表面，当通过一个注释解释时可单独使用 |
| ▽ | 扩展图形符号，表示表面是用去除材料的方法获得的，如车、铣、钻、刨、磨等 |
| ◁ | 扩展图形符号，表示表面是用不去除材料的方法获得的，如铸、锻、轧、冲压等 |
| √ ▽ ◁ | 完整图形符号 |

（2）表面粗糙度符号与代号　表面粗糙度符号的画法如图8-22所示，尺寸见表8-3，其中 $H_1 = 1.4h$ （$h$ 为字体高度），$H_2 = 3h$，小圆直径均为字体高 $h$，符号的线宽 $d' = h/10$。

在表面粗糙度符号的基础上，注上表面特征及有关规定项目后即组成了表面粗糙度的代号。

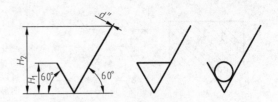

图 8-22　表面粗糙度符号

**3. 零件表面粗糙度标注方法**

1）在同一零件图上，每一表面一般只注一次符号、代号，并尽可能靠近有关的尺寸线。

**表 8-3　表面粗糙度符号的尺寸**　　　　　　　　　（单位：mm）

| 数字和字母高度 $h$ | 2.5 | 3.5 | 5 | 7 | 10 | 14 | 20 |
|---|---|---|---|---|---|---|---|
| 高度 $H_1$ | 3.5 | 5 | 7 | 10 | 14 | 20 | 28 |
| 高度 $H_2$（最小值） | 7.5 | 10.5 | 15 | 21 | 30 | 42 | 60 |

2）表面粗糙度符号、代号应注在可见轮廓线、尺寸界线、引出线或它们的延长线上。

3）符号的尖端必须从材料外指向材料表面。

表面粗糙度在图样上的标注示例见表8-4。

**表 8-4　表面粗糙度标注图例**

| 图　例 | 说　明 |
|---|---|
| 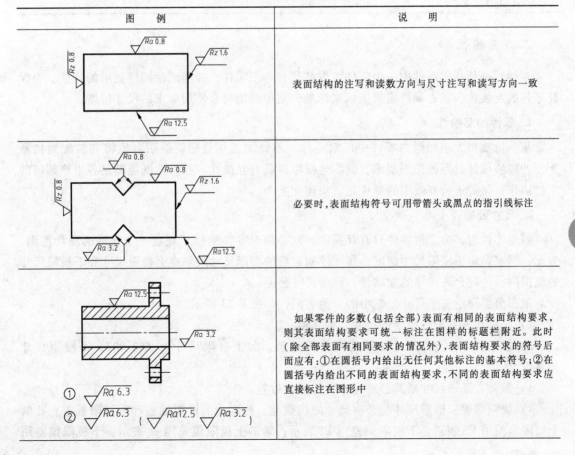 | 表面结构的注写和读数方向与尺寸注写和读写方向一致 |
| | 必要时，表面结构符号可用带箭头或黑点的指引线标注 |
| | 如果零件的多数（包括全部）表面有相同的表面结构要求，则其表面结构要求可统一标注在图样的标题栏附近。此时（除全部表面有相同要求的情况外），表面结构要求的符号后面应有：①在圆括号内给出无任何其他标注的基本符号；②在圆括号内给出不同的表面结构要求，不同的表面结构要求应直接标注在图形中 |

（续）

| 图　例 | 说　明 |
|---|---|
| 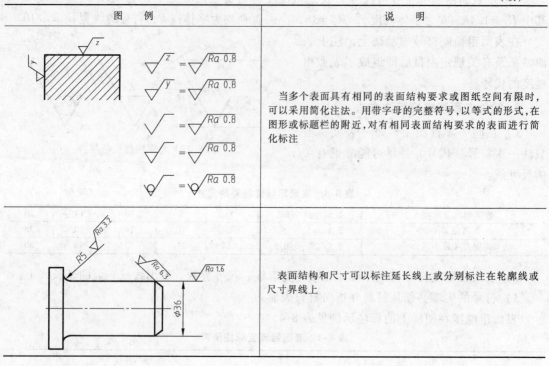 | 当多个表面具有相同的表面结构要求或图纸空间有限时，可以采用简化注法。用带字母的完整符号，以等式的形式，在图形或标题栏的附近，对有相同表面结构要求的表面进行简化标注 |
|  | 表面结构和尺寸可以标注延长线上或分别标注在轮廓线或尺寸界线上 |

## 二、互换性

互换性是指相同零件中一个零件可以替代另一个零件，并能满足同样要求的特性。要保证零件的互换性，就必须严格贯彻国家标准，从中选用符合使用要求的尺寸精度。

### 1. 零件的互换性

从一批规格大小相同的零件中任取一件，不经加工与修配就能顺利地将其装配到机器上，并能够保证机器的使用要求，就称这批零件具有互换性。互换性既能满足各生产部门的广泛协作，又能进行高效率的专业化、集团化生产。

### 2. 尺寸公差

制造零件时，为了使零件具有互换性，就必须对零件的尺寸规定一个允许的变动范围。为此，国家制定了极限尺寸制度，将零件制成后的实际尺寸限制在上极限尺寸和下极限尺寸的范围内。这种允许尺寸的变动量，称为尺寸公差。

下面简要介绍关于尺寸公差中的一些名词，如图 8-23 所示。

1）公称尺寸：设计给定的尺寸，如 $\phi50$。

2）极限尺寸：允许尺寸变动的两个界限值，如上极限尺寸为 $\phi50.007$，下极限尺寸为 $\phi49.982$。

3）偏差：某一尺寸减其公称尺寸所得的代数差。

4）极限偏差：极限尺寸与公称尺寸的代数差，分别为上极限偏差和下极限偏差。孔的上极限偏差用 ES 表示，下极限偏差用 EI 表示；轴的上极限偏差用 es 表示，下极限偏差用

ei 表示。如图 8-23 所示的尺寸公差，其极限偏差为

$$ES = 50.007 - 50 = +0.007$$

$$EI = 49.982 - 50 = -0.018$$

5）尺寸公差（简称公差 T）：尺寸允许的变动量。它等于上极限尺寸与下极限尺寸之代数差的绝对值，也等于上极限偏差与下极限偏差之代数差的绝对值，即

$$T = 50.007 - 49.982 = 0.025$$

$$T = 0.007 - (-0.018) = 0.025$$

6）零线：在极限与配合图中，表示公称尺寸的一条直线，它是确定偏差和公差的基准线。

7）公差带：在公差带图（图 8-24）中，由代表上、下极限偏差的两条直线所限定的区域。

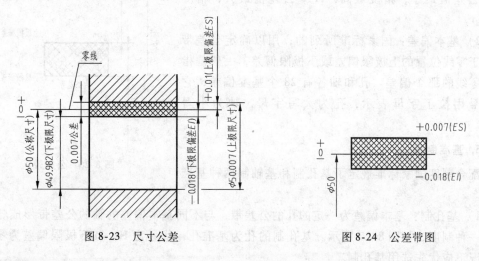

图 8-23 尺寸公差　　　　　　　　　　图 8-24 公差带图

### 3. 配合

公称尺寸相同并相互结合的孔和轴的公差带之间的关系，称为配合。国家标准将其分为三类。

1）间隙配合：具有间隙（包括最小间隙为零）的配合，此时，孔的公差带在轴的公差带之上，如图 8-25a 所示。

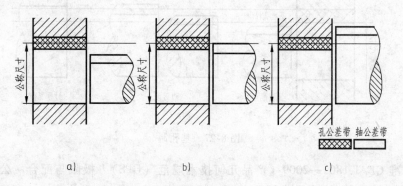

a)　　　　　　　　　b)　　　　　　　　　c)

图 8-25 配合

2）过盈配合：具有过盈（包括最小过盈为零）的配合，此时，孔的公差带在轴的公差带之下，如图 7-25c 所示。

3）过渡配合：可能具有间隙也可能具有过盈的配合，此时，孔的公差带与轴的公差带互相交叠，如图 8-25b 所示。

**4. 标准公差和基本偏差**

公差带是由标准公差和基本偏差组成的。标准公差确定了公差带的大小，基本偏差确定了公差带的位置，如图 8-26 所示。

1）标准公差：国家标准所列的，用以确定公差带大小的任一公差。标准公差分 20 个等级，即 IT01、IT0、T1 ~ IT18。IT 表示标准公差，数字表示公差等级。IT01 公差值最小，精度最高；IT18 公差值最大，精度最低。

2）基本偏差：国家标准所列的，用以确定公差带相对于零线位置的上极限偏差或下极限偏差，一般是指靠近零线的那个偏差。孔和轴各有 28 个基本偏差，它的代号用拉丁字母表示，孔为大写字母，轴为小写字母。

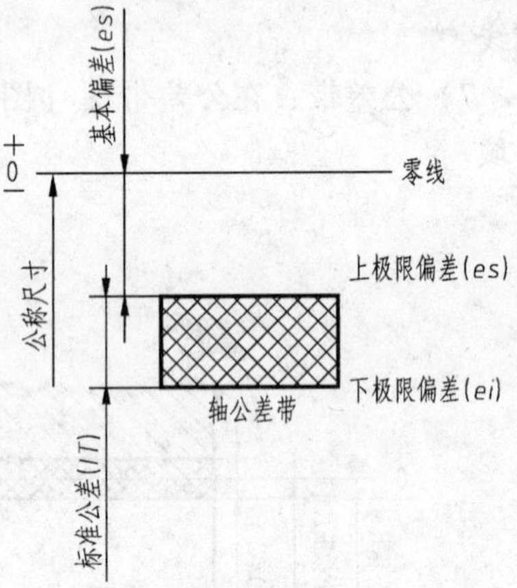

**5. 基准制度**

配合制度国家标准规定了基孔制和基轴制两种基准制度。

1）基孔制：基本偏差为一定的孔的公差带，与不同基本偏差的轴的公差带形成各种配合的一种制度，如图 8-27 所示。基孔制的孔为基准孔，代号为 H，其下极限偏差为零。一般情况下应优先选用基孔制。

2）基轴制：基本偏差为一定的轴的公差带，与不同基本偏差的孔的公差带形成各种配合的一种制度，如图 8-28 所示。基轴制的轴为基准轴，代号为 h，其上极限偏差为零。

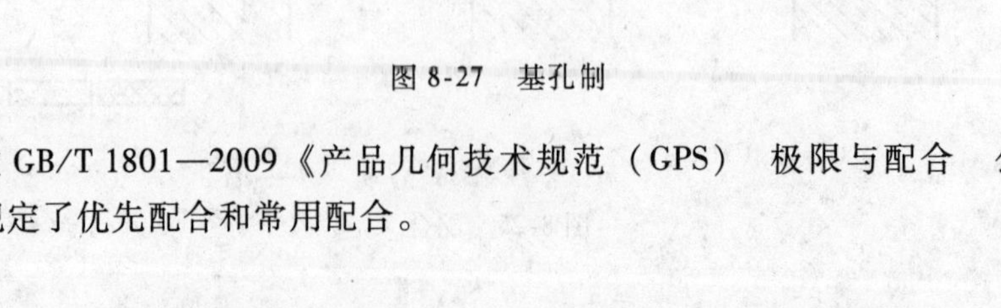

图 8-26 公差带

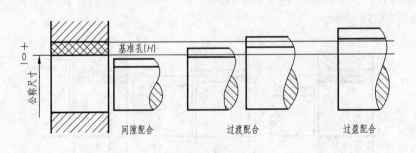

图 8-27 基孔制

国家标准 GB/T 1801—2009《产品几何技术规范（GPS） 极限与配合 公差带和配合的选择》中规定了优先配合和常用配合。

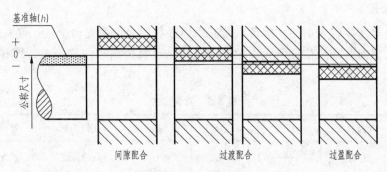

图 8-28  基轴制

### 6. 极限与配合的标注

（1）在零件图上的标注  在零件图上标注公差有三种形式：标注公差带代号、标注极限偏差值、同时标注公差带代号和极限偏差值，如图 8-29 所示

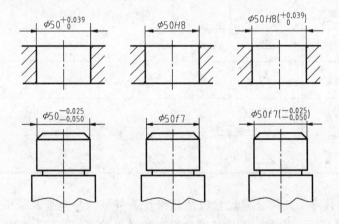

图 8-29  零件图上尺寸公差的标注

（2）在装配图上的标注  在装配图上标注公差与配合，是在公称尺寸的后面用分式注出，分子为孔的公差带代号，分母为轴的公差带代号，如图 8-30 所示。

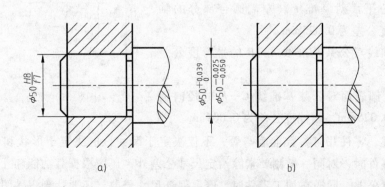

a)                              b)

图 8-30  装配图上公差与配合的标注

### 7. 几何公差

形状公差是指零件表面的实际形状对其理想形状所允许的变动全量；位置公差是指零件表面的实际位置对其理想位置所允许的变动全量。形状公差和位置公差，统称为几何公差，见表 8-5。

表 8-5　几何公差

| 公差类型 | 几何特征 | 符号 | 基准 | 公差类型 | 几何特征 | 符号 | 基准 |
|---|---|---|---|---|---|---|---|
| 形状公差 | 直线度 | — | 无 | 方向公差 | 线轮廓度 | ⌒ | 有 |
| | 平面度 | ▱ | 无 | | 面轮廓度 | ◠ | 有 |
| | 圆度 | ○ | 无 | 位置公差 | 位置度 | ⊕ | 有或无 |
| | 圆柱度 | ⌭ | 无 | | 同轴度 | ◎ | 有 |
| | 线轮廓度 | ⌒ | 无 | | 对称度 | = | 有 |
| | 面轮廓度 | ◠ | 无 | | 线轮廓度 | ⌒ | 有 |
| 方向公差 | 平行度 | // | 有 | | 面轮廓度 | ◠ | 有 |
| | 垂直度 | ⊥ | 有 | 跳动公差 | 圆跳动 | ↗ | 有 |
| | 倾斜度 | ∠ | 有 | | 全跳动 | ⌰ | 有 |

（1）几何公差代号　几何公差代号包括几何特征符号、公差框及指引线、公差值和基准代号，如图 8-31 所示。注意，无论基准代号在图样上的方向如何，框格内的字母均应水平书写。

（2）标注示例　曲轴零件如图 8-32 所示，其中的几何公差含义如下：

键槽中心平面对基准 $F$（左端圆台部分的轴线）的对称度公差为 0.025mm。

$\phi40$ 的轴线对公共基准线 $A—B$ 的平行度公差为 0.02mm。

$\phi30$ 的外圆表面对公共基准线 $C—D$ 的径向圆跳动公差为 0.025mm，圆柱度公差为 0.006mm。

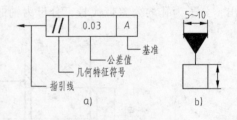

图 8-31　几何公差代号

综上所述，零件几何参数准确与否，不仅决定于尺寸，也决定于形状和位置误差。因而，在设计零件时，对同一被测要素除给定尺寸公差外，还应根据其功能和互换性要求，给定形状和位置公差。同样在加工零件时，既要保证尺寸公差，还要达到零件图样上标注的几何公差要求，加工出的零件才算合格。

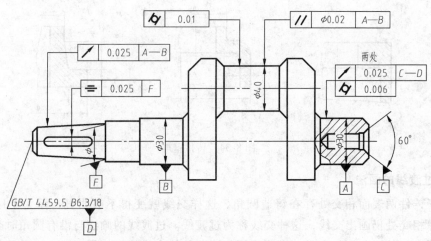

图 8-32 曲轴零件的几何公差标注

**零件的工艺结构**

零件的结构既要满足使用要求，又要满足工艺要求。

## 一、铸造零件对结构的要求

### 1. 起模斜度和铸造圆角

铸造零件在制作毛坯时，为了便于将木模从砂型中取出，一般在起模方向作出 1:20 的斜度，称为起模斜度。相应的铸件上，也应有起模斜度，如图 8-33 所示。起模斜度在零件图中一般不必画出，必要时可在技术要求中加以说明。

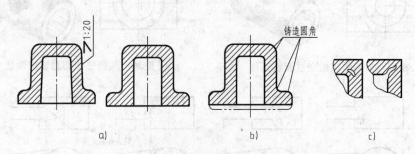

图 8-33 起模斜度和铸造圆角
a）起模斜度 b）铸造圆角 c）铸造缺陷（缩孔、裂纹）

为防止浇铸铁液时冲坏砂型，同时为防止铸件在冷却时转角处产生缩孔（图 8-34a）和避免应力集中而产生裂纹，铸件两表面相交处均制成圆角，这种圆角称为铸造圆角。视图中一般不标注铸造圆角半径，而注写在技术要求中，如图 8-34b 所示。

### 2. 铸件壁厚

铸件的壁厚应尽量均匀，以避免各部分因冷却速度的不同而产生缩孔或裂纹。若因结构需要，出现壁厚相差过大时，则壁厚应由大到小逐渐变化，如图 8-34c 所示。

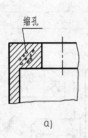 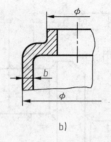 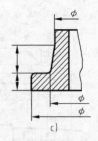

图 8-34　铸件壁厚

### 3. 过渡线的画法

由于铸件两表面相交处存在铸造圆角，这样交线就变得不够明显，但为了区分不同表面，在原相交处仍画出交线，这种交线称为过渡线。过渡线的画法与没有圆角时交线的画法完全相同。只是两曲面相交时，过渡线不与圆角的轮廓线接触（图 8-35）。当两曲面的轮廓线相切时，过渡线在切点附近应该断开（图 8-36）。图 8-37 所示为连接板与圆柱面相交相切时过渡线的画法。

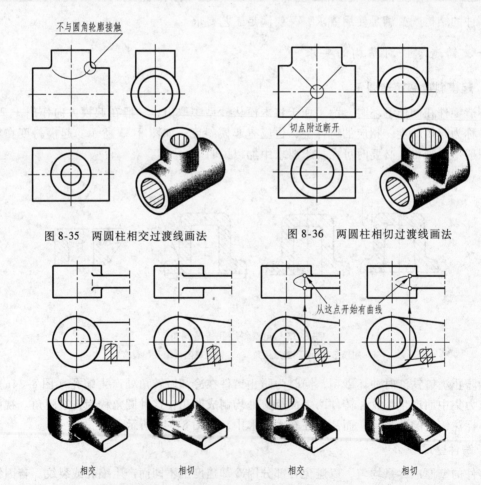

图 8-35　两圆柱相交过渡线画法　　　图 8-36　两圆柱相切过渡线画法

图 8-37　连接板与圆柱面相交相切过渡线画法

### 4. 凸台与凹坑

铸件上与其他零件接触的表面一般都要进行加工。设计零件形状时，应尽量减少加工面，以降低成本，因此，在铸造时就应铸出凸台和凹坑，如图8-38所示。

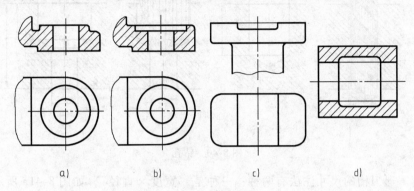

图 8-38 铸件上的凸台和凹坑

a) 凸台 b) 凹坑 c) 凹槽 d) 凹腔

## 二、机械加工零件对结构的要求

### 1. 倒角和倒圆

为了便于装配，要去除零件上的毛刺、锐边，通常将尖角加工成倒角。为避免轴肩处的应力集中，该处应加工成圆角，圆角和倒角的尺寸系列可查看有关资料。其中倒角为45°时，用代号 $C$ 表示，与轴向尺寸 $n$ 连注成 $Cn$。如果倒角不是45°，则要注出角度，如图8-39所示。

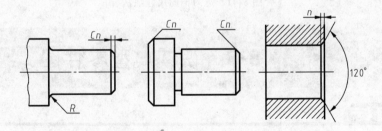

图 8-39 圆角和倒角

### 2. 钻孔

零件上常有各种不同用途和不同形式的孔，这些孔常用钻头加工而成。图8-40a所示为用钻头加工出的通孔。用钻头加工出的不通孔和阶梯孔，留有钻头头部锥形部分形成的锥坑，图样上常把锥顶角画成120°，但图样上不注出角度，钻孔深度也不包括锥坑在内，如图8-40b所示。在图8-40c所示的阶梯孔中，在大孔与小孔直径变化的部分，形成一个圆锥面，也应画成120°。

### 3. 退刀槽

在车削零件时，为防止损坏刀具，事前在零件上车出一个槽，给退刀提供空间，这个槽

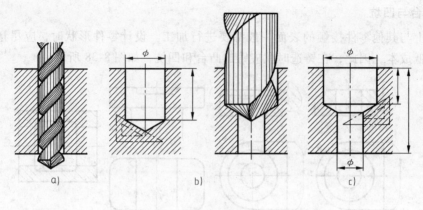

图 8-40　钻孔

称为退刀槽。退刀槽的尺寸注法有两种：一种是"宽度×直径"，如图 8-41a 所示；另一种是"宽度×深度"，如图 8-41b 所示。

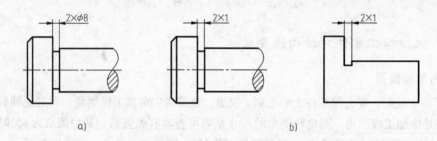

图 8-41　退刀槽的尺寸注法

# 8-3　识读典型零件图

## 学习目标

1. 了解四类典型零件的功用和特点。
2. 掌握四类零件识读的一般方法步骤。
3. 能够读懂中等复杂程度的零件图。

## 制图任务

### 一、识读图 8-42 所示齿轮轴零件图

**1. 看标题栏**

从标题栏中可以看出，该零件为齿轮轴，绘图比例 1:1，材料为 45 钢。

## 2. 分析视图

该齿轮轴属轴套类零件，主要在车床、磨床上加工，为便于加工时看图，常按其形状特征及加工位置选择视图，其轴线水平放置，此类零件常用一个基本视图外加移出断面图、局部放大图等表达键槽、退刀槽、砂轮越程槽等细部结构。轴上的键槽，一般面对读者，移出剖面图用于表达键槽深度及有关尺寸。此图中，为表达轮齿结构，采用了局部剖视图，对于形状简单且较长的轴可采用折断画法。该轴两端有倒角、退刀槽等。

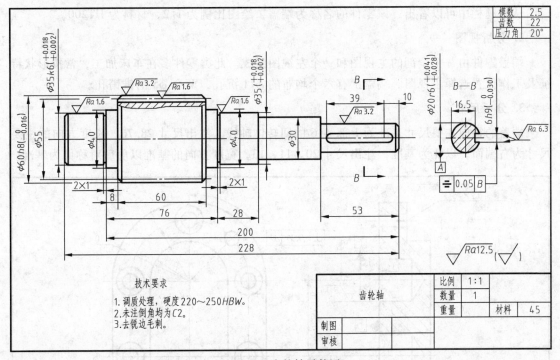

图 8-42　齿轮轴零件图

## 3. 分析尺寸

轴套类零件通常以重要的定位面作为长度方向的主要尺寸基准，以回体轴线作为径向（即宽、高方向）的主要尺寸基准，以加工顺序标注尺寸。在该轴中，φ35 轴段用来安装滚动轴承。为使传动平稳，各轴段应有同一轴线，故径向尺寸以回转轴线为尺寸基准。左轴肩用于滚动轴承的定位，76 的左端面作为长度方向的主要基准，依此为基准链式注出尺寸"8"、"60"、"76"、"28"、"200"、"2×1"。右端面为长度方向的第一辅助基准，以此为基准注出尺寸"53"、"10"，右端面与主要基准的联系尺寸为 200。

## 4. 分析技术要求

从图中可看出，φ35 处与滚动轴承有配合要求，表面粗糙度要求为 Ra1.6μm；右端带有键槽与带轮，且配合尺寸精度较高为 Ra3.2μm；为保证键与轴很好的配合，键槽两侧面对轴线的对称度公差为 0.05mm；齿轮与齿轮相啮合，表面粗糙度要求为 Ra1.6μm、Ra3.2μm；图中还提出了用文字说明的技术要求，为提高轴的强度和韧度进行调质处理。

**5. 归纳综合**

通过上述看图分析，对轴的作用、形状、大小、主要加工方法及加工中的主要技术要求，就有了清楚的认识，综合起来，即可得出轴的整体形状。

## 二、识读图 8-43 所示泵盖零件图

**1. 看标题栏**

从标题栏中可以看出，该零件的名称为端盖，绘图比例为 1∶2，材料为 HT200。

**2. 分析视图**

端盖零件由一个全剖的主视图和一个左视图组成。此类零件多在车床加工，常按形状特征及工作位置选择主视图。端盖上有六个均布的 φ11 沉孔，两个 φ5 的锥销孔。

**3. 分析尺寸**

端盖的径向主要尺寸基准为上部 φ16 的回转体轴线，注出尺寸 28.76。长度方向的主要尺寸为右端面，以此为基准，注出尺寸 20、11、13，宽度方向的基准以前后对称面为基准。

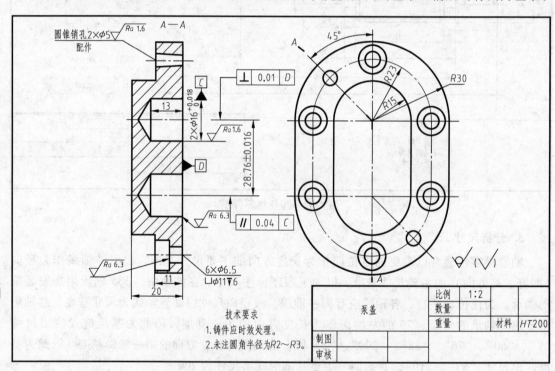

图 8-43 泵盖零件图

**4. 分析技术要求**

尺寸 φ16 有配合要求，故该内圆面的表面粗糙度要求较高，为 *Ra*1.6μm，两轴的平行度公差为 0.04mm；右端面起轴向定位作用，表面粗糙度值为 *Ra*6.3μm，与 φ16 孔的垂直度公差为 0.01mm；销孔表面的粗糙度要求为 *Ra*1.6μm，6 个螺栓孔的表面粗糙度值为 *Ra*6.3μm。图中还有文字说明的圆角尺寸，为释放内应力而进行时效处理。

**5. 归纳总结**

由读者自行总结。

**三、识读图 8-44 所示拨叉零件图**

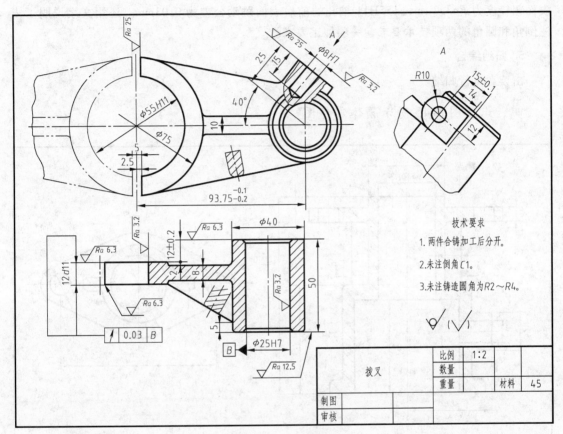

图 8-44 拨叉零件图

**1. 看标题栏**

由标题栏可知，该零件名称为拨叉，绘图比例为 1∶2，材料为 45 钢。

**2. 分析视图**

拨叉的表达方案由两个基本视图组成。该零件的结构形状较复杂，加工工序较多，加工位置多变，故按其工作位置和形状结构特征选择主视图，当工作位置是倾斜的或不固定时，可将其摆正画主视图。叉架类零件一般需要用两个基本视图表达，常常还将其中的一个视图画成全剖视图，以表达相应的孔、槽结构。叉架类零件上常有铸造圆角、起模斜度、凸台、凹坑等工艺结构，常采用局部视图与剖视图。对其倾斜结构常用斜视图、斜剖和表达，对叉杆上常见的肋板，一般用剖面图来表达其断面形状。

**3. 分析尺寸**

此拨叉零件图是以拨叉孔 φ55H11 的轴线为长度方向的主要基准，标出与孔 φ25H7 的

轴线间的中心距 $93.75^{-0.1}_{-0.2}$；高度方向以拨叉的对称平面为主要基准；宽度方向则以拨叉的后工作侧面为主要基准，标出尺寸 12d11、12±0.2 以及 2 等。

### 4. 分析技术要求

具有配合要求的表面其粗糙度要求较高，例如，与轴相配合的表面 φ25H7、φ55H11 的表面粗糙度为 $Ra3.2\mu m$，φ55H11 轴孔的前后表面跳动公差为 0.03mm。还用文字说明了未注倒角和圆角的两项技术要求，一项加工要求。

### 5. 归纳综合

由读者自行归纳。

## 四、识读图 8-45 所示箱体零件图

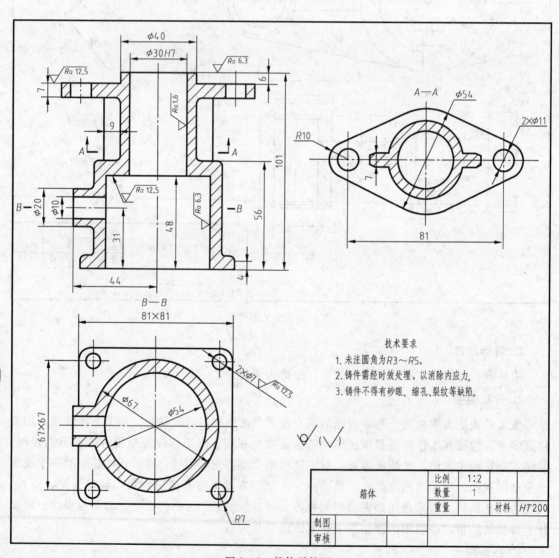

图 8-45 箱体零件图

**1. 看标题栏**

从标题栏可以看出，该零件名称为壳体，绘图比例为 1:2，其材料为 HT200。

**2. 分析视图**

箱体类零件加工位置多变，箱体类零件上常有铸造圆角、起模斜度、凸台、凹坑等工艺结构，故常按其形状特征及工作位置来选择主视图，通常需要三个以上的基本视图，并按结构表达需要采用合适的剖视、断面、局部视图等表达方法。该壳体采用了两个基本视图和一个辅助视图，主视图中采用了全剖视图，用以表达壳体空腔、左端凸台、壳体上盖安装孔等结构形状。俯视图采用全剖视图，为了表达底板上螺栓孔的分布状况。

**3. 分析尺寸**

箱体类零件尺寸繁多，加工难度大，在长、宽、高三个方向上常选对称平面、主要孔的轴线、安装底面、重要端面、箱体盖的结合面作为主要尺寸基准。图 8-45 中，长度方向以主视图中左右基本对称面为主要尺寸基准；宽度方向以前后对称平面为主要尺寸基准；高度方向以底面为主要尺寸基准。

**4. 分析技术要求**

箱体上的配合面及安装面，其表面粗糙度要求较高，如 $\phi30H7$ 的表面粗糙度要求为 $Ra1.6\mu m$。箱体在机加工前应作时效处理，技术要求中注出了未注圆角的尺寸。

**5. 归纳综合**

由读者自行归纳。

**知识链接**

零件的形状虽然千差万别，但根据它们在机器或部件中的作用和形状特征，可以大体将它们划分轴套类零件（如机床上主轴、传动轴、空心套等）、轮盘类零件（如各种轮、法兰盘、端盖等）、叉架类零件（如拨叉、连杆、支架等）和箱体类零件（如机座、阀体、床身等）。

**一、看零件图的基本方法**

看零件图的基本方法仍然是形体分析法和线面分析法。较复杂的零件图，由于其视图、尺寸数量及各种代号都较多，初学者看图时往往不知从哪看起，甚至会产生畏惧心理。其实，就图形而言，看多个视图与看三视图的道理一样。视图数量多，主要是因为组成零件的形体较多。实际上，对每一个基本形体来说，仍然是只用 2~3 个视图就可以确定它的形状。所以看图时，只要善于运用形体分析法，按组成部分"分块"看，就可将复杂的问题分解成几个简单的问题处理了。

**二、看图的步骤**

**1. 看标题栏**

了解零件的名称、材料、绘图比例等，为了解零件在机器中的作用、制造要求以及有关

153

结构形状等提供线索。

**2. 分析视图**

先根据视图的配置和标注，判断出视图的剖切位置，明确它们之间的投影关系。然后抓住图形特征，分部分想形状，合起来想整体。

**3. 分析尺寸**

先分析长、宽、高三个方向的尺寸基准，再找出各部分的定位尺寸和定形尺寸，搞清楚哪些是主要尺寸，最后还要检查尺寸标注是否齐全和合理。

**4. 分析技术要求**

可根据表面粗糙度、尺寸公差、几何公差以及其他技术要求，弄清楚哪些是要求加工的表面，以及精度的高低等。

**5. 综合归纳**

将识读零件图所得到的全部信息加以综合归纳，对所示零件的结构、尺寸及技术要求都有一个完整的认识，这样才算真正将图看懂。

看图时，上述的每一步骤都不要孤立地进行，应视其情况灵活运用。此外，看图时还应参考有关的技术资料和相关的装配图或同类产品的零件图，这对看图是很有好处的。

## 知识拓展 零件测绘

测绘图 8-46 所示铣刀头的座体。

### 一、了解和分析测绘对象

首先应了解零件的名称、材料，以及它在机器或部件中的位置、作用及与相邻零件的关系，然后对零件的内外结构形状进行分析。

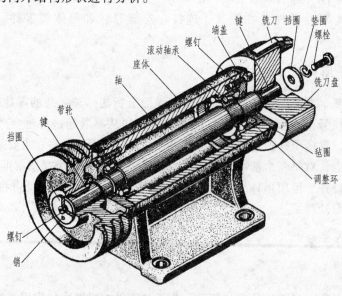

图 8-46　铣刀头

铣刀头是支承、传动部件，外部动力传至带轮，带轮与轴通过键连接，轴产生旋转运动，带动铣刀运动。轴由两滚动轴承支承，并安放在座体上。在座体两端安装了端盖，以起到密封和防尘的作用。轴的左端安放带轮，右端为铣刀盘，为防止带轮与铣刀盘作轴向运动，一端为轴肩，另一端为挡圈。

座体是铣刀头的主体件，属于箱体类零件，材料为铸铁。它的主要作用是容纳滚动轴承和轴，其内部是为减少加工面积而制作的带大孔的圆筒，两端各设置了两个销孔和六个螺孔，用于定位和连接端盖。座体的底板为带有四个地脚螺栓孔、下部带有凹坑、四个角为圆角的长方体底板。底板与圆筒之间有两块连接板和一块加强肋。

## 二、确定表达方案

由于座体的内外结构比较复杂，故选用主、左两个基本视图。座体的主视图应按其工作位置及形状结构特征选定。为表达圆筒的内部结构，主视图采用局部剖视，左视图为表达加强肋与连接板形状与位置，兼顾地脚螺栓孔的深度，沿地脚螺栓孔处采用局部剖视。

然后再选用一局部视图表示底板的形状及安装孔的数量、位置。最后选定表达方案。

## 三、绘制零件草图

### 1. 绘制图形

根据选定的表达方案，徒手画出视图、剖视等图形，其作图步骤与画零件画相同。但需注意以下两点：

1）零件上的制造缺陷（如砂眼、气孔等），以及由于长期使用造成的磨损、碰伤等，均不应画出。

2）零件上的细小结构（如铸造圆角、倒角、倒圆、退刀槽、砂轮越程槽、凸台和凹坑等）必须画出。

### 2. 标注尺寸

先选定基准，再标注尺寸。具体应注意以下三点：

1）先集中画出所有的尺寸界线、尺寸线和箭头，再依次测量、逐个记入尺寸数字。

2）零件上标准结构（如键槽、退刀槽、销孔、中心孔、螺纹等）的尺寸，必须查阅相应国家标准，并予以标准化。

3）与相邻零件的相关尺寸（如泵体上螺孔、销孔、沉孔的定位尺寸，以及有配合关系的尺寸等）一定要一致。

### 3. 注写技术要求

零件上的表面粗糙度、极限与配合、几何公差等技术要求，通常可采用类比法给出。具体注写时需注意以下三点：

1）主要尺寸要保证其精度。泵体的两轴线、轴线距底面以及有配合关系的尺寸等，都应给出公差。

2）有相对运动的表面及对形状、位置要求较严格的线、面等要素，要给出既合理又经济的表面粗糙度或几何公差要求。

3）有配合关系的孔与轴，要查阅与其相结合的轴与孔的相应资料（装配图或零件图），以核准配合制度和配合性质。

**4. 填写标题栏**

一般需可填写零件的名称、材料及绘图者的姓名和完成时间等。

## 四、根据零件草图画零件图

草图完成后，便要根据它绘制零件图，其绘图方法和步骤同前，这里不再赘述。完成的零件图如图 8-47 所示。

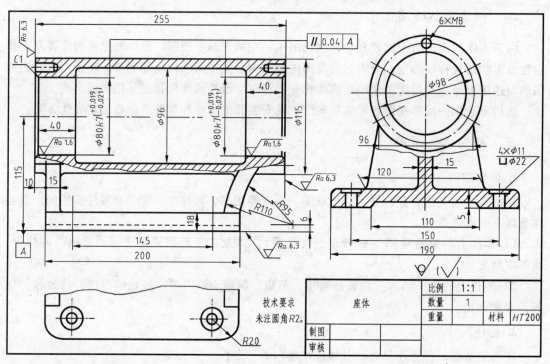

图 8-47  座体零件图

# 课题九 装配图

机 械 制 图 （通用）

## 9-1 识读装配图

### 学习目标

1. 了解装配图的作用及基本内容。
2. 掌握识读装配图的基本步骤。
3. 熟悉装配图表达方案选择的基本原则。
4. 掌握装配图表达方案的选择方法及装配图的规定画法和特殊画法。
5. 掌握装配图中零件序号的编排方法。
6. 能够正确识读装配图上的尺寸标注、零件序号和明细栏的有关内容。

### 制图任务 识读图9-1所示齿轮泵装配图

一、读图步骤

**1. 读标题栏**

概括了解装配体。从标题栏中了解装配体的名称是齿轮泵，齿轮泵是装在供油管路上用来输送油液的一个部件。

**2. 读视图**

了解其表达方法，分析零件间的装配关系。齿轮泵装配图由三个基本视图表达。主视图采用全剖视图，表达各零件之间的装配关系。左视图采用局部剖视图，表达齿轮泵的内部结构和外形。俯视图采用局部视图，表达齿轮泵的外形特征（拆去零件10、11、12、13）。

**3. 分析尺寸，了解技术要求**

图9-1中所标注的尺寸有性能（规格）尺寸、配合尺寸、安装尺寸、外形尺寸等，并用文字标注了齿轮泵安装、使用时的有关技术要求。

157

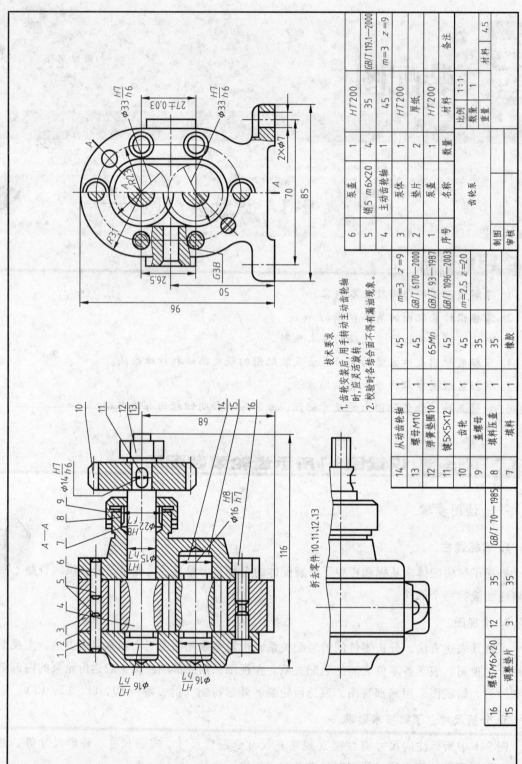

技术要求
1. 齿轮安装后，用手转动主动齿轮轴时，应灵活运转。
2. 校验时各结合面不得有漏油现象。

拆去零件10.11.12.13

图 9-1 齿轮泵装配图

| 16 | 螺钉M6×20 | 12 | 35 | | | 6 | 泵盖 | 1 | HT200 | |
| 15 | 调整垫片 | 3 | 35 | | | 5 | 销5 m6×20 | 4 | 35 | GB/T 119.1—2000 |
| 14 | 从动齿轮轴 | 1 | 45 | m=3 z=9 | | 4 | 主动齿轮轴 | 1 | 45 | m=3 z=9 |
| 13 | 螺母M10 | 1 | 45 | GB/T 6170—2000 | | 3 | 泵体 | 1 | HT200 | 厚纸 |
| 12 | 弹簧垫圈10 | 1 | 65Mn | GB/T 93—1987 | | 2 | 垫片 | 2 | 厚纸 | |
| 11 | 键5×5×12 | 1 | 45 | GB/T 1096—2003 | | 1 | 泵盖 | 1 | HT200 | |
| 10 | 齿轮 | 1 | 45 | m=2.5 z=20 | | 序号 | 名称 | 数量 | 材料 | 备注 |
| 9 | 主螺母 | 1 | 35 | | | | | | | |
| 8 | 盖料压盖 | 1 | 35 | | | | 齿轮泵 | | 比例 | 1:1 |
| 7 | 填料 | 1 | 橡胶 | | | | | | 数量 | 1 |
| | | | | GB/T 70—1985 | | 制图 | | | 重量 | |
| | | | | | | 审核 | | | 材料 | 4.5 |

## 二、视图选择

### 1. 主视图的选择

齿轮泵由泵体、泵盖、齿轮、密封零件及标准件等 16 种零件组成。装配图采用三个基本视图表达，主视图选择反映主要装配关系的方向为投影方向，为表达油泵内部各零件之间的装配关系，主视图采用了全剖视图。

### 2. 其他视图的确定

俯视图拆去 10、11、12、13 等零件，表达齿轮泵的外部形状。左视图表达齿轮的啮合情况，以及吸、压油的工作原理。

### 3. 齿轮泵的基本表示法

齿轮泵装配图中的主视图，利用剖面线的不同方向和间隔，分清各零件轮廓的范围。图中紧固件如螺母 13、螺钉 16 等及实心件如齿轮轴 4、销 5 等，当剖切平面通过其轴线（或对称线）剖切这些零件时，则这些零件均按不剖绘制，只画出零件的外形。

### 4. 齿轮泵的特殊表示法

图 9-1 中，俯视图拆去 10、11、12、13 等零件。

## 三、表达方案

### 1. 分析图 9-1 所示齿轮泵装配图中的必要尺寸

（1）规格或性能尺寸　表示部件规格或性能的尺寸，它是设计和选用部件时的主要依据。如图 9-1 所示，齿轮泵中进出油口的螺孔直径 G3B 为规格尺寸，它表明所连接管道管螺纹的规格。

（2）装配尺寸　用来保证部件功能精度和正确装配的尺寸。

1）配合尺寸表示零件间配合性质的尺寸，这种尺寸与部件的工作性能和装配方法有关，如图 9-1 中的尺寸 $\phi16\frac{H7}{h7}$，$\phi22\frac{H8}{f7}$，$\phi14\frac{H7}{h6}$ 等。

2）相对位置尺寸表示装配时零件间需要保证的相对位置尺寸，常见的有重要的轴距、孔的中心距和间隙等，如图 9-1 所示，齿轮轴回转轴线距底面的尺寸 68、两齿轮轴的中心距尺寸 27±0.03 等。

（3）安装尺寸　将部件安装到其他零、部件或基座上所需的尺寸，如图 9-1 所示，轴承座底板上安装孔大小及其定位尺寸 $\phi7$ 和 70。

（4）外形尺寸　表示装配体外形的总长、总宽和总高的尺寸。它表明装配体所占空间的大小，以供产品包装、运输和安装时参考，如图 9-1 所示的尺寸 116、85 和 96。

（5）其他重要尺寸　它是在设计中确定的，而又未包括在上述几类尺寸之中的主要尺寸，如运动件的活动范围尺寸、非标准件上的螺纹尺寸、经计算确定的重要尺寸等。

### 2. 齿轮泵装配图中的零件序号和明细栏

齿轮泵由 16 种零件组成，装配图按顺时针方向为专用件排列序号，序号沿铅垂方向整齐排列。

明细栏内详细填写了零件序号、名称、材料、数量及备注等内容，明细栏内的零件序号与装配图中的零件序号一致。

## 知识链接

一张完整的装配图必须包括以下内容：

1）一组视图。用来表达机器（或部件）的工作原理、装配关系和结构特点。

2）必要的尺寸。标注出反映机器（或部件）的规格（性能）、安装尺寸，零件之间的装配尺寸，以及外形尺寸等。

3）技术要求。用文字或符号注写机器（或部件）的质量、装配、检验、使用等方面的要求。

4）零件编号、明细栏和标题栏。根据生产组织和管理的需要，在装配图上对每种零件编注序号，并填写明细栏。在标题栏中写明装配体名称、图号、绘图比例，以及有关人员的责任签字等。

### 一、装配图表达方法

如图 9-1 所示齿轮泵的装配图，在零件图上所采用的各种表达方法，如视图、剖视、断面、局部放大图等也同样适用于画装配图。但由于装配图和零件图所表达的重点不同，因此，国家标准对装配图还提出了一些规定画法和特殊表达方法。

**1. 规定画法**

（1）接触面与装配面的画法　相邻两零件的接触面或配合面画一条线，非接触面，不论间隙多小，均画两条线，并留有间隙。如图 9-2 所示，轴与孔配合，画一条线；螺栓与孔非配合，画两条线。

（2）剖面线的画法　相邻两零件的剖面线方向应尽量相反，或方向一致，但间隔不同。在同一装配图的不同视图中，同一零件的剖面线方向相同、间隔相等。

在图样中，宽度小于或等于 2mm 的狭小剖面，可用涂黑代替剖面线。

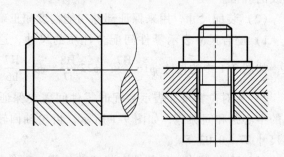

图 9-2　接触面与配合面画法

（3）标准实心件的画法　对于螺纹紧固件，以及轴、连杆、手柄、球、键、销等实心零件，若按纵向剖切且剖切平面通过其轴线或对称平面时，则这些零件按不剖绘制。如需特别表明零件的构造，如键槽、销孔等，则可用局部剖视来表示。如图 9-3 所示，齿轮轴、销、螺钉等按不剖绘制，为表示轮齿啮合的形状采用了局部剖视。

**2. 特殊表达方法**

（1）沿零件的结合面剖切　为了表达装配体内部结构，可假想沿某些零件的结合面选取剖切平面，结合面上不画剖面符号，被剖切到的零件必须画出剖面线。如图 9-1 所示，为

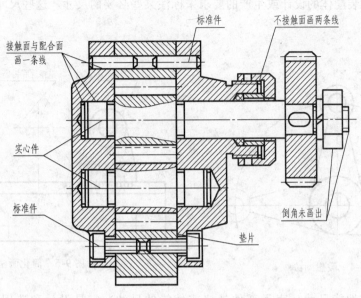

图 9-3 规定画法

表达齿轮泵内齿轮啮合情况，左视图上，左半部分就是沿轴承盖和轴承座结合面剖切的，剖切到的螺钉、销等画剖面线，结合面不画剖面线。

（2）拆卸画法和单独表达零件 如果所要表达的部分被某个零件遮住而无法表达清楚、或某零件无需重复表达时，可假想将其拆去，只画出所要表达部分的视图。采用拆卸画法时该视图上方需注明"拆去××"等字样，如图 9-1 所示齿轮泵的俯视图，就是拆去齿轮、垫片、螺母与键后绘制的。

当某个零件的主要结构在基本视图中未能表达清楚，而且影响对部件的工作原理或装配关系的正确理解时，可单独画出该零件的某一视图。必须在所画视图的上方注出该零件及其视图的名称，并在相应视图上标出相同的字母。

（3）假想画法 在装配图中，为了表示与本部件有装配关系但又不属于本部件的其他相邻零件，或需要表示某些零件的运动范围和极限位置时，可用双点画线将相关部分画出，如图 9-4 所示。

（4）夸大画法 在装配图中，较小的间隙、薄垫片和直径较小的簧丝等，可适当夸大尺寸画出，如图 9-3 中的垫片。

（5）简化画法

1）在装配图中，对于若干相同的零件组，允许详细画出其中的一组或几组，其余的只需在其装配位置画出轴线位置即可，如图 9-5 所示。

2）在装配图中，零件的工艺结构如小圆角、倒角、退刀槽可以不画。

## 二、装配图的尺寸标注和技术要求

### 1. 尺寸标注

由于装配图不直接用于零件的制造生产，因此，在装配图上无需注出各组成零件的全部

161

尺寸，而只需按装配体的设计或生产的要求来标注某些必要的尺寸。这些尺寸一般可分为以下五类。

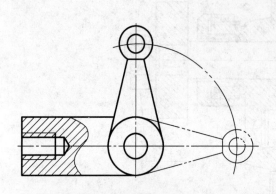

图 9-4　假想画法

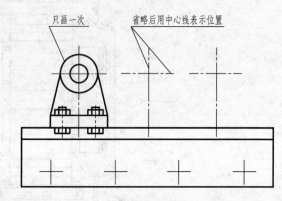

图 9-5　简化画法

（1）规格或性能尺寸　表示部件规格或性能的尺寸，它是设计和选用部件时的主要依据。

（2）装配尺寸　用来保证部件功能精度和正确装配的尺寸，它包括配合尺寸和相对位置尺寸。

（3）安装尺寸　将部件安装到其他零、部件或基座上所需的尺寸。

（4）外形尺寸　表示装配体外形的总长、总宽和总高的尺寸。

（5）其他重要尺寸　它是在设计中确定的，而又未包括在上述几类尺寸之中的主要尺寸，如运动件的活动范围尺寸、非标准件上的螺纹尺寸、经计算确定的重要尺寸等。

上述五类尺寸之间并不是互相孤立无关的，同一尺寸往往有几种含义。此外，并不是每张装配图必须全部标注上述各类尺寸的，因此，装配图上应标注哪些尺寸，要根据具体情况进行具体分析。

**2. 技术要求**

机器或部件的性能、用途各不相同，其技术要求也不同。拟定机器或部件技术要求时应具体分析，一般从以下三个方面考虑，并根据具体情况而定。

1）装配要求：指装配过程中的注意事项，装配后应达到的要求。

2）检验要求：指对机器或部件整体性能的检验、试验、验收方法的说明。

3）使用要求：对机器或部件的性能、维护、保养、使用注意事项的说明。

**三、装配图中的零、部件序号，明细栏和标题栏**

为了便于装配时看图查找零件，便于生产准备、图样管理和看图，在装配图上必须对所有的零、部件进行编号，并在标题栏的上方绘制明细栏。

**1. 零、部件序号**（GB/T 4458.2—2003）

（1）序号的编注方法

1）装配图中所有的零、部件都必须进行编号。

2）装配图中一个部件可只编写一个序号。同一装配图中相同的零、部件应编写相同的序号。

3）装配图中的零、部件序号，应与明细栏中的序号一致。

（2）零、部件序号的表示方法

1）指引线应从零件的可见轮廓内引出，并在末端画一小圆点，在指引线的水平线（细实线）上或圆（细实线）内注写序号，序号字高比该装配图中所注尺寸数字高度大一号或两号。序号也可书写在指引线的旁边，但序号字高比该装配图中所注尺寸数字高度大两号，如图 9-6a 所示。

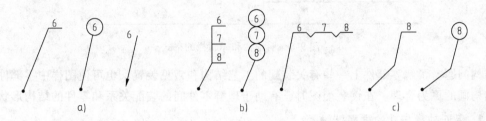

图 9-6 序号的形式

注意：同一装配图编注序号的形式应一致。

2）一组螺纹紧固件或装配关系清楚的零件组，可采用公共指引线，如图 9-6b 所示。

3）指引线之间不能互相相交，当通过剖面线区域时，指引线不能与剖面线平行。必要时指引线可画成折线，但只能曲折一次，如图 9-6c 所示。

4）对于很薄的零件和涂黑的剖面，指引线末端不便画出圆点时，可在指引线的末端画出箭头，并指向该部分的轮廓，如图 9-7 所示。

5）装配图中的序号应按水平或垂直方向排列整齐，并按顺时针或逆时针方向顺序排列，如图 9-1 所示。

**2. 明细栏和标题栏**

标题栏和明细栏的格式国家标准中虽有统一规定，但一些企业根据产品也自行确定适合本企业的标题栏。

本书中的明细栏和标题栏的格式如图 9-8 所示，可供学习作业中使用。明细栏一般画在标题栏的上方，当标题栏上方位置不够时，明细栏也可分段画在标题栏的左侧，序号的填写应自下而上。对于标准件，在名称栏

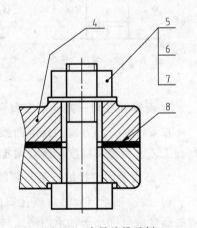

图 9-7 序号编排示例

内还应注出规定标记及主要参数，并在代号栏中写明所依据的标准代号。特殊情况下，装配图中也可以不画明细栏，而单独编写在另一张纸上。

**四、装配工艺结构**

为了保证机器或部件的性能要求，方便拆装，在设计绘制装配图时应考虑合理的装配工

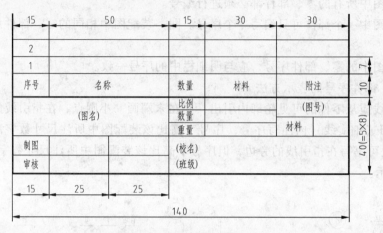

图 9-8　明细栏和标题栏的格式

艺结构问题。了解零部件上一些有关装配的工艺结构和常见装置，也可使图样中零部件的装配结构画的更为合理。在读装配图时，有助于理解零件间的装配关系和零件的结构形状。

**1. 保证轴肩与孔的端面接触**

为了保证轴肩与孔的端面接触，孔口应制出适当的倒角（或圆角），或在轴根处加工出槽，如图 9-9 所示。

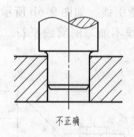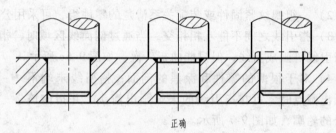

图 9-9　轴与孔端面接触处的结构

**2. 两零件在同一方向不应有两组面同时接触或配合**

在设计时，同方向的接触面或配合面一般只有一组，若因其他原因多于一组接触面时，则在工艺上要提高精度，这会增加制造成本，甚至根本做不到，如图 9-10 所示。

**3. 必须考虑装拆的方便与可能性**

1）滚动轴承当以轴肩或孔肩进行轴向定位时，为了在维修时拆卸轴承，要求轴肩或孔肩的高度应分别小于轴承内圈或外圈的厚度，如图 9-11 a、b 所示，或在箱壁上预先加工孔或螺孔，则拆卸时就可用适当的工具或螺钉顶出套筒、轴承等，如图 9-11c 所示。

2）当零件用螺纹紧固件连接时，应考虑到装拆的可能性。图 9-12 所示为一些合理与不合理结构的对比。

**4. 常见的密封装置**

为防止灰尘、杂屑飞入或润滑油外溢，常采用图 9-13a、b 所示的密封装置。为防止阀中或管路中的液体泄漏常采用图 9-13c、d 所示的密封装置。

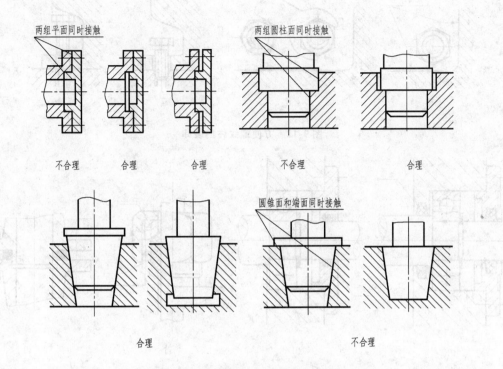

图 9-10 同方向接触面或配合面

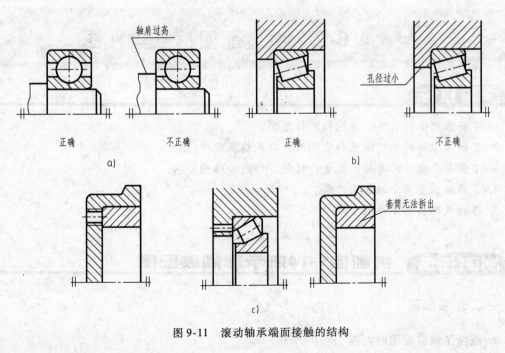

图 9-11 滚动轴承端面接触的结构

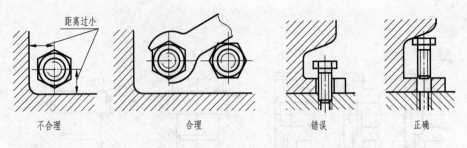

图 9-12 方便螺纹件的装卸

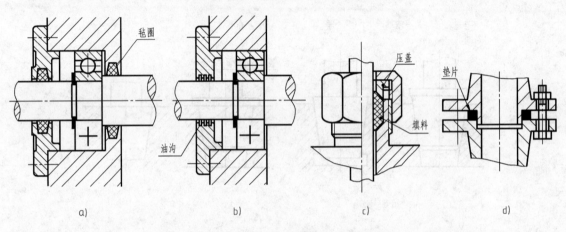

图 9-13 密封装置

a）粘圈式密封 b）间隙和油沟式密封 c）填料密封 d）垫片密封

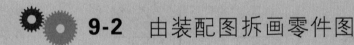

## 9-2 由装配图拆画零件图

**学习目标**

1. 了解装配体的功用、性能和工作原理。
2. 了解各零件的相对位置和装配关系以及拆装顺序。
3. 了解每个零件的名称、数量、材料、作用和结构形状。
4. 了解技术要求中的各项内容。
5. 根据装配图画零件图。

**制图任务** 拆画图9-14所示球阀装配图

一、读装配图

**1. 概括了解装配图的内容**

1）从标题栏中可以了解装配体的名称、大致用途及图的比例等。

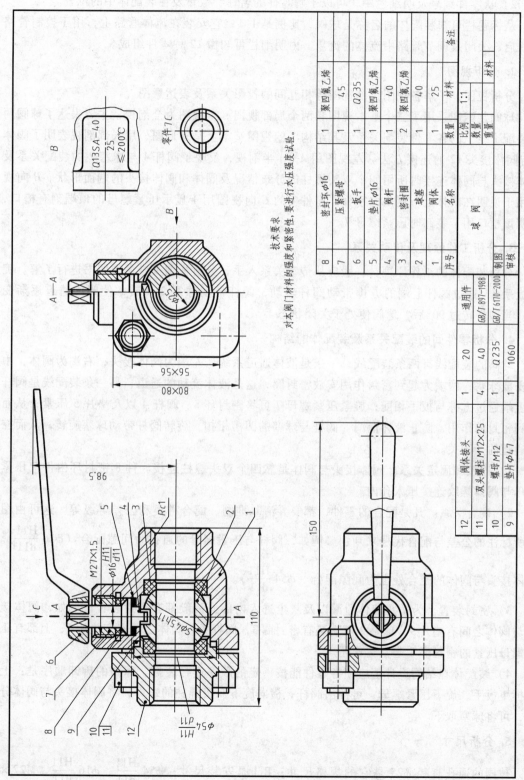

图 9-14 球阀装配图

2）从零件编号及明细栏中，可以了解零件的名称、数量及在装配体中的位置。

从标题栏可知装配体的名称是球阀，比例是1:1，它安装在流体管路上，用于控制管路的开启、关闭及调节管路中流体的流量。由明细栏可知由12种零件组成。

**2. 分析视图**

分析视图，了解各视图、剖视图等相互间的投影关系及表达意图

球阀装配图采用了三个基本视图和两个局部视图。主视图为全剖视，主要表达了球阀两条装配干线上的各零件装配关系及其结构。俯视图基本上是外形图，用局部剖视表明了阀体1与阀体接头12的连接方法。左视图用 $A$—$A$ 半剖视，反映了阀杆4与球塞2的装配关系及阀体接头与阀体连接时所用四个双头螺柱的分布情况及阀体和阀体接头的端面形状。$B$ 向视图用于说明在阀体上应制出的字样。零件7的 $C$ 向视图用于显示压紧螺母的顶端刻有槽口，说明该槽口用于装卸时压紧螺母7。

**3. 分析工作原理及传动关系**

分析装配体的工作原理，一般应从传动关系入手，分析视图及参考说明书进行了解。旋转扳手6，通过阀杆上端的方榫带动阀杆转动，阀杆带动球塞2旋转，使阀内通道逐渐变小。当阀杆转过90°后，球阀便处于关闭状态。

**4. 分析零件间的装配关系及装配体的结构**

球阀的装配线有两条装配线，一条是液体通道系统，左端为阀体接头，右端为阀体，中间安放球塞，两端为起到密封作用安放密封圈，这是液体流动的通道；另一条装配线是阀杆的上端通过方榫与扳手相配；旋紧压紧螺母7可将密封环8、阀杆4以及垫片5压紧，从而起到密封的作用，防止液体泄漏。阀杆与球塞的凹槽相扣，旋转阀杆带动球塞旋转，从而控制通道的开、关。

1）连接和固定关系。阀体接头与阀体是靠四个双头螺柱连接。件8密封环由件7压紧螺母与阀体螺纹连接压入孔内。

2）配合关系。凡是配合的零件，都要弄清基准制、配合种类和公差等级等。这可由图上所标注的公差与配合代号来判别。例如，阀杆与压紧螺母的通孔为间隙配合（$\phi16\frac{H11}{d11}$）。

阀体接头与阀体的配合处也为间隙配合（$\phi54\frac{H11}{d11}$）。

3）密封装置。为防止液体泄漏以及灰尘进入内部，一般都有密封装置。例如，阀体接头与阀体之间有垫片9，球塞2两端装有密封圈3，阀杆4与阀体之间安有垫片5，上部有压紧螺母压紧的密封环8起密封作用。

4）装配体在结构设计上应使各零件能按一定的顺序进行装拆。球阀的拆卸顺序是：上部拆下扳手，旋下压紧螺母，可抽出阀杆；横向旋下双头螺柱的螺母，将阀体接头与阀体分开，可将球塞取下。

**5. 分析尺寸**

球阀的通孔直径 $\phi25$ 是它的规格尺寸；Rcl是安装尺寸；$\phi54\frac{H11}{d11}$、$\phi16\frac{H11}{d11}$、M27×

1.5、56×56 是装配尺寸；110、98.5、150、80×80 是总体尺寸；$S\phi45h11$ 除了说明球塞的基本形状是球体外，它还是零件的主要尺寸。

**6. 分析零件的形状**

先看明细表中零件序号，再从视图上找到该序号的零件。对于一些标准件和常用件，如螺栓、垫片、手柄等，其形状已表达得很清楚，不用细看。对于一些形状比较复杂的零件就要仔细分析，把该零件的投影轮廓从各视图中分离出来。其方法是：从标注序号的视图着手，对线条、找投影关系，根据剖面线方向和间隔的不同，在各视图上找到该零件的相应投影，然后进行构形分析，最后看懂其形状。如图 9-15 所示，就是按上述方法从球阀装配图中分离出来的阀体的投影轮廓。通过分析这些轮廓并补全其他零件遮挡的线条，就可构想出阀体零件的形状。球阀的其他零件，可用同样的方法看懂它们的形状。

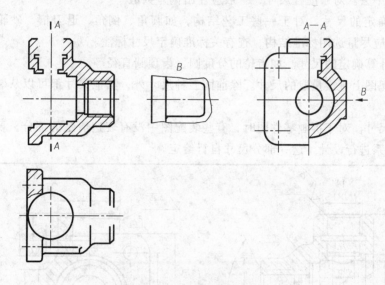

图 9-15　分离出来的阀体各视图

**7. 归纳总结**

在上面分析的基础上，按照看装配图的三个要求进行归纳总结，以便对部件有一个完整的、全面的认识。

以上所述是读装配图的一般方法和步骤，而实际读图中，各个步骤并不是孤立的，而是要交替进行。再者，读图总有一个具体的重点目的，在读图过程中应该围绕着这个重点目的去分析、研究。只要这个重点目的能够达到，那就可以不拘一格，灵活地解决问题。

**二、拆画图 9-14 中的阀体 1**

**1. 零件视图的选择**

装配图的视图选择方案主要是从表达装配体的装配关系和整个工作原理来考虑的，而零件图的视图选择则主要是从表达零件的结构形状这一特点来考虑。由于表达的出发点和主要要求不同，从装配图上拆画零件图，按表达零件选择视图的原则来考虑，不能机械地从装配图上照搬。

**2. 零件的结构形状**

1）在拆画零件图时，对那些装配图中未表达完全的结构，要根据零件的作用和装配关系进行设计。

2）装配图上未画出的工艺结构，如倒角、倒圆和砂轮越程槽、螺纹退刀槽等，在零件图上都应表达清楚。

**3. 零件图的尺寸标注**

1）从装配图上直接移注的尺寸。装配图上的尺寸，除了某些外形尺寸和装配时要求通过调整来保证的尺寸（如间隙尺寸）等不能作为零件图的尺寸外，其他尺寸一般都能直接移注到零件图中去。对于配合尺寸，一般应注出偏差数值。

2）查表确定的尺寸。对于一些工艺结构，如圆角、倒角、退刀槽、砂轮越程槽、键槽、螺孔等，应尽量选用标准结构，查有关标准确定尺寸标注。

3）需要计算确定的尺寸。如齿轮的分度圆、齿顶圆直径等。

4）在装配图上直接量取的尺寸。除前面三种尺寸外，其他尺寸都可以从装配图上按比例量取。

5）给定尺寸。对于拆画零件图时，有些装配图中没有表达清楚的部分，要根据零件的作用和装配关系进行设计，这一部分尺寸自行给定。

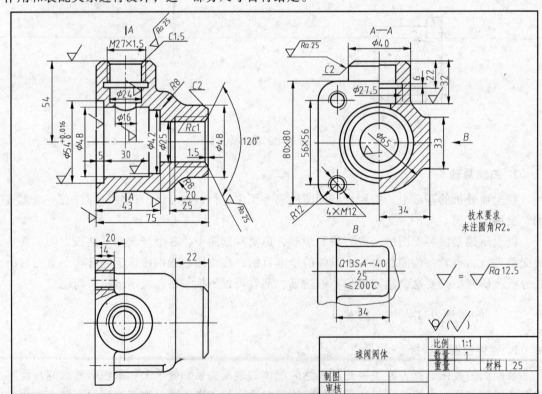

图 9-16　球阀阀体零件图

**4. 技术要求**

零件各加工表面的表面粗糙度值和其他技术要求应根据零件的作用、装配关系和装配图上提出的有关要求来确定。

根据上述要求，从球阀装配图中拆画出的阀体零件图，如图 9-16 所示。

**知识拓展　装配体测绘**

装配图必须清楚地表达机器（或部件）的工作原理、各零部件间的相对位置及其装配关系以及主要零件的主要形状。在确定视图表达方案之前，应详尽地了解该机器或部件的工作原理和结构情况，做到心中有数。现以图 9-17 所示的机用虎钳为例，说明画装配图的方法与步骤。

**1. 对所画装配体进行全面了解和分析**

机用虎钳安装在机床上，用于夹持工件。

工作时，固定钳身固定在机床上，转动螺杆，螺杆通过螺纹连接带动螺母，螺母带动活动钳身，活动钳身在固定钳身上滑动，通过钳口板夹持工件。机用虎钳有一条装配干线（多个零件沿着一条轴线装配而成，这条轴线称为装配干线），由螺杆、螺纹支座、螺钉、活动钳身、固定钳身组成，如图 9-17 所示。

**2. 拆卸装配体**

在拆卸前，应准备好有关的拆卸工具及放置零件的用具和场地，然后根据装配的特点，按照一定的拆卸顺序，依次拆卸。拆卸过程中，对每一个零件应扎上标签，记好编号。对拆下的零件要分区分组放在适当地方，以免混乱和丢失。这样，也便于测绘后的重新装配。对不可拆卸连接的零件和过盈配合的零件应不拆卸，以免损坏零件。机用虎钳拆卸次序可以这样进行：

1）拧下扳手销钉。

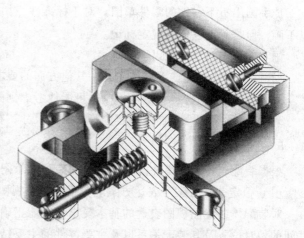

图 9-17　机用虎钳

2）取下挡圈和调整片，将螺杆从螺母中拧下。

3）用扳手将活动钳身上部的螺钉取下，使活动钳身与螺母分离，然后将活动钳身从固定钳身上取下，拆卸完毕。

**3. 画装配示意图**

装配示意图一般是用简单的图线画出装配体各零件的大致轮廓，以表示其装配位置、装配关系和工作原理等情况的简图。国家标准中规定了一些零件的简单符号，画图时可以参考使用。

画装配示意图应在对装配体全面了解、分析之后画出，并在拆卸过程中进一步了解装配体内部结构和各零件之间的关系，进行修正、补充，以备将来正确地画出装配图和重新装配装配体之用，图 9-18 所示为机用虎钳装配示意图及其零件明细栏。

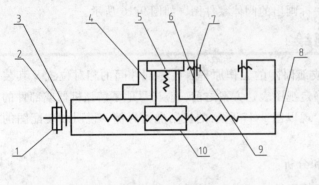

| 序号 | 名称 | 数量 | 材料 |
|---|---|---|---|
| 1 | 挡圈 | 1 | Q235 |
| 2 | 销 4×25 | 1 | |
| 3 | 调整片 | 2 | Q235 |
| 4 | 活动钳身 | 1 | HT150 |
| 5 | 螺钉 M10 | 1 | |
| 6 | 固定钳身 | 1 | HT150 |
| 7 | 钳口板 | 2 | 45 |
| 8 | 螺杆 | 1 | 45 |
| 9 | 螺钉 M8×12 | 4 | |
| 10 | 螺母 | 1 | 20 |

图 9-18 装配示意图

### 4. 画零件草图

徒手画出拆下零件的零件草图。对于标准件，如螺栓、螺钉、螺母、垫圈、键、销等可以不画，但需确定它们的规定标记。

画零件草图时应注意以下三点：

1）除了图线是用徒手完成的外，其他方面的要求均和画正式的零件工作图一样。

2）零件的视图选择和安排，应尽可能地考虑到画装配图的方便。

3）零件间有配合、连接和定位等关系的尺寸，在相关零件上应注得相同。

### 5. 画装配图

根据装配体各组成零件的零件草图和装配示意图就可以画出装配图。

（1）拟定表达方案　表达方案应包括选择主视图、确定视图数量和各视图的表达方法。

对装配体装配图视图表达的基本要求是应能正确、清晰地表达出部件的工作原理、各零件间的相对位置及其装配关系以及主要零件的主要结构形状。

1）主视图的选择。主视图的选择应符合下列要求：

① 一般应按部件的工作位置放置。当部件在机器上的工作位置倾斜时，可将其放正，使主要装配干线垂直于某基本投影面，以便于画图。

② 应能较好地反映部件的工作原理和主要零件间的装配关系，因此一般都画成剖视图。

机用虎钳的工作位置为水平位置。以右下向左上作为主视图的方向，如图 9-17 所示，并通过装配干线（在同一个正平面上）作剖切，画成全剖视图，这样主视图符合上述要求。

2）确定其他视图。根据对装配图视图表达的要求，针对部件在主视图中尚未表达清楚的内容，应当选择适当的其他视图或剖视等说明。

机用虎钳的主视图选定后，固定钳身和活动钳的形状还未表达清楚，因此，需要画出俯视图，活动钳身和固定钳身的连接情况没有表达清楚，所以左视图画成半剖。最后确定机用虎钳视图表达方案。

（2）画装配图

1）确定表达方案后，根据部件的大小，并考虑应标注尺寸、序号、明细栏、标题栏及书写技术要求所占的位置，确定画图比例和图幅大小。

2）画出图框线、标题栏和明细栏。

3）布置视图，画出各视图的作图基线。各视图间要留出足够的地方以标注尺寸和注写零件的序号。

4）画底稿时，应先画基本视图，后画非基本视图。基本视图中一般先从主视图开始。画图顺序为：先画出主体零件（阀体），然后画出装配干线上主要零件的轮廓，最后画出各条装配干线上的次要零件。

5）标注尺寸。

6）画剖面线。

7）检查底稿，然后加深并进行编号。

8）填写明细栏、标题栏和技术要求。

9）完成该部件的装配图，如图9-19所示。

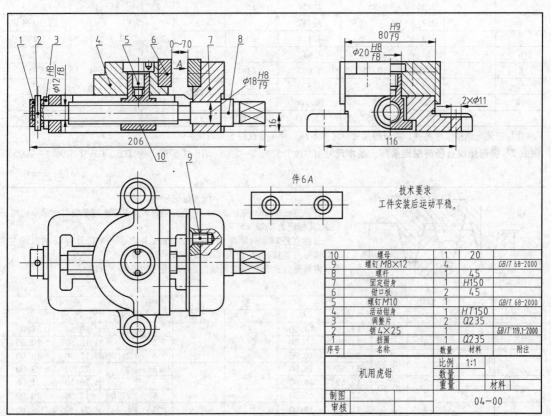

图 9-19　机用虎钳装配图

# 附录

附表1 普通螺纹直径与螺距、基本尺寸（GB/T 193—2003 和 GB/T 196—2003）（单位：mm）

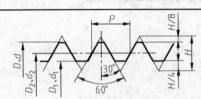

标记示例

公称直径24mm，螺距3mm，右旋粗牙普通螺纹，其标记为 M24

公称直径24mm，螺距1.5mm，左旋细牙普通螺纹，公差带代号为7H，其标记为 M24×1.5-LH

| 公称直径 D、d | | 螺距 P | | 粗牙小径 $D_1$、$d_1$ | 公称直径 D、d | | 螺距 P | | 粗牙小径 $D_1$、$d_1$ |
|---|---|---|---|---|---|---|---|---|---|
| 第一系列 | 第二系列 | 粗牙 | 细牙 | | 第一系列 | 第二系列 | 粗牙 | 细牙 | |
| 3 | | 0.5 | 0.35 | 2.459 | 16 | | 2 | 1.5，1 | 13.835 |
| 4 | | 0.7 | | 3.242 | | 18 | | | 15.294 |
| 5 | | 0.8 | 0.5 | 4.134 | 20 | | 2.5 | 2，1.5，1 | 17.294 |
| 6 | | 1 | 0.75 | 4.917 | | 22 | | | 19.294 |
| 8 | | 1.25 | 1，0.75 | 6.647 | 24 | | 3 | 2，1.5，1 | 20.752 |
| 10 | | 1.5 | 1.25，1，0.75 | 8.376 | 30 | | 3.5 | (3)，2，1.5，1 | 26.211 |
| 12 | | 1.75 | 1.25，1 | 10.106 | 36 | | 4 | 3，2，1.5 | 31.670 |
| | 14 | 2 | 1.5，1.25*，1 | 11.835 | | 39 | | | 34.670 |

注：应优先选用第一系列，括号内尺寸尽可能不用，带 * 号仅用于火花塞。

附表2 梯形螺纹直径与螺距系列、基本尺寸（GB/T 5796.2—2005、GB/T 5796.3—2005、GB/T 5796.4—2005）

（单位：mm）

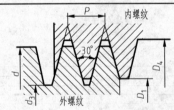

标记示例

公称直径28mm、螺距5mm、中径公差带代号为7H 的单线右旋梯形内螺纹，其标记为 Tr28×5-7H

公称直径28mm、导程10mm、螺距5mm，中径公差带代号为8e 的双线左旋梯形外螺纹，其标记为 Tr28×10(P5)LH-8e

内外螺纹旋合所组成的螺纹副的标记为 Tr24×8-7H/8e

| 公称直径 d | | 螺距 P | 大径 $D_4$ | 小径 | | 公称直径 d | | 螺距 P | 大径 $D_4$ | 小径 | |
|---|---|---|---|---|---|---|---|---|---|---|---|
| 第一系列 | 第二系列 | | | $d_3$ | $D_1$ | 第一系列 | 第二系列 | | | $d_3$ | $D_1$ |
| 16 | | 2 | 16.50 | 13.50 | 14.00 | 24 | | 3 | 24.50 | 20.50 | 21.00 |
| | | 4 | | 11.50 | 12.00 | | | 5 | | 18.50 | 19.00 |
| | 18 | 2 | 18.50 | 15.50 | 16.00 | | | 8 | 25.00 | 15.00 | 16.00 |
| | | 4 | | 13.50 | 16.00 | | 26 | 3 | 26.50 | 22.50 | 23.00 |
| 20 | | 2 | 20.50 | 17.50 | 18.00 | | | 5 | | 20.50 | 21.00 |
| | | 4 | | 15.50 | 16.00 | | | 8 | 27.00 | 17.00 | 18.00 |
| | 22 | 3 | 22.50 | 18.50 | 19.00 | 28 | | 3 | 28.50 | 24.50 | 25.00 |
| | | 5 | | 16.50 | 17.00 | | | 5 | | 22.50 | 23.00 |
| | | 8 | 23.0 | 13.00 | 14.00 | | | 8 | 29.00 | 19.00 | 20.00 |

注：螺纹公差带代号：外螺纹有9c、8c、8e、7e；内螺纹有9H、8H、7H。

附表3　管螺纹尺寸代号及基本尺寸

55°非密封管螺纹（GB/T 7307—2001）

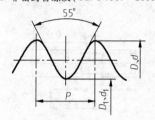

标记示例

尺寸代号为1/2的A级右旋外螺纹的标记为G1/2A

尺寸代号为1/2的B级左旋外螺纹的标记为G1/2B-LH

尺寸代号为1/2的右旋内螺纹的标记为G1/2

| 尺寸代号 | 每25.4mm内的牙数 $n$ | 螺距 $P$/mm | 大径 $D = d$/mm | 小径 $D_1 = d_1$/mm | 基准距离/mm |
|---|---|---|---|---|---|
| 1/4 | 19 | 1.337 | 13.157 | 11.445 | 6 |
| 3/8 | 19 | 1.337 | 16.662 | 14.950 | 6.4 |
| 1/2 | 14 | 1.814 | 20.955 | 18.631 | 8.2 |
| 3/4 | 14 | 1.814 | 26.441 | 24.117 | 9.5 |
| 1 | 11 | 2.309 | 33.249 | 30.291 | 10.4 |
| 1¼ | 11 | 2.309 | 41.910 | 38.952 | 12.7 |
| 1½ | 11 | 2.309 | 47.803 | 44.845 | 12.7 |
| 2 | 11 | 2.309 | 59.614 | 56.656 | 15.9 |

附表4　六角头螺栓　　　　　　　　（单位：mm）

六角头螺栓——A和B级（GB/T 5782—2000）

六角头螺栓——全螺纹（GB/T 5783—2000）

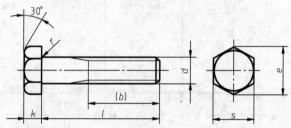

标记示例

螺纹规格 $d$ = M12、公称长度 $l$ = 80mm、性能等级为8.8级、表面氧化、A级的六角头螺栓，其标记为

螺栓　GB/T 5782　M12×80

| 螺纹规格 $d$ | | M3 | M4 | M5 | M6 | M8 | M10 | M12 | M16 | M20 | M24 | M30 | M36 |
|---|---|---|---|---|---|---|---|---|---|---|---|---|---|
| $s$ | | 5.5 | 7 | 8 | 10 | 13 | 16 | 18 | 24 | 30 | 36 | 46 | 55 |
| $k$ | | 2 | 2.8 | 3.5 | 4 | 5.3 | 6.4 | 7.5 | 10 | 12.5 | 15 | 18.7 | 22.5 |
| $r$ | | 0.1 | 0.2 | 0.2 | 0.25 | 0.4 | 0.4 | 0.6 | 0.6 | 0.6 | 0.8 | 1 | 1 |
| $e$ | A | 6.01 | 7.66 | 8.79 | 11.05 | 14.38 | 17.77 | 20.03 | 26.75 | 33.53 | 39.98 | — | — |
| | B | 5.88 | 7.50 | 8.63 | 10.89 | 14.20 | 17.59 | 19.85 | 26.17 | 32.95 | 39.55 | 50.85 | 51.11 |
| $(b)$ GB/T 5782 | $l \leq 124$ | 12 | 14 | 16 | 18 | 22 | 26 | 30 | 38 | 46 | 54 | 66 | — |
| | $125 < l \leq 200$ | 18 | 20 | 22 | 24 | 28 | 32 | 36 | 44 | 52 | 60 | 72 | 84 |
| | $l > 200$ | 31 | 33 | 35 | 37 | 41 | 45 | 49 | 57 | 65 | 73 | 85 | 97 |
| $l$ 范围 (GB/T 5782) | | 20 ~ 30 | 25 ~ 40 | 25 ~ 50 | 30 ~ 60 | 40 ~ 80 | 45 ~ 100 | 50 ~ 120 | 65 ~ 160 | 80 ~ 200 | 90 ~ 240 | 110 ~ 300 | 140 ~ 360 |
| $l$ 范围 (GB/T 5783) | | 6 ~ 30 | 8 ~ 40 | 10 ~ 50 | 12 ~ 60 | 16 ~ 80 | 20 ~ 100 | 25 ~ 120 | 30 ~ 150 | 40 ~ 150 | 50 ~ 150 | 60 ~ 200 | 70 ~ 200 |
| $l$ 系列 | | 6,8,10,12,16,20,25,30,35,40,45,50,55,60,65,70,80,90,100,110,120,130,140,150,160, 180,200,220,240,260,280,300,320,340,360,380,400,420,440,460,480,500 | | | | | | | | | | | |

附表5　双头螺柱　　　　　　　　　　　　　　（单位：mm）

GB/T 897—1988（$b_m = 1d$）
GB/T 898—1988（$b_m = 1.25d$）
GB/T 899—1988（$b_m = 1.5d$）
GB/T 900—1988（$b_m = 2d$）

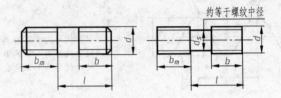

约等于螺纹中径

标记示例

两端均为粗牙普通螺纹，$d = 10mm$、$l = 50mm$、性能等级为 4.8 级、不经表面处理、B 型、$b_m = 1d$ 的双头螺柱，其标记为

　　　　　　　　螺柱　GB/T 897　M10×50

若为 A 型，则标记为　　　　　　　　螺柱　GB/T 897　AM10150

双头螺柱各部分尺寸

| | 螺纹规格 d | M3 | M4 | M5 | M6 | M8 |
|---|---|---|---|---|---|---|
| $b_m$ 公称 | GB/T 897—1988 | | | 5 | 6 | 8 |
| | GB/T 898—1988 | | | 6 | 8 | 10 |
| | GB/T 899—1988 | 4.5 | 6 | 8 | 10 | 12 |
| | GB/T 900—1988 | 6 | 8 | 10 | 12 | 16 |
| $\dfrac{l}{b}$ | | $\dfrac{16 \sim 20}{6}$ | $\dfrac{16 \sim (22)}{8}$ | $\dfrac{16 \sim (22)}{10}$ | $\dfrac{20 \sim (22)}{10}$ | $\dfrac{20 \sim (22)}{12}$ |
| | | $\dfrac{(22) \sim 40}{12}$ | $\dfrac{25 \sim 40}{14}$ | $\dfrac{25 \sim 50}{16}$ | $\dfrac{25 \sim 30}{14}$ | $\dfrac{25 \sim 30}{16}$ |
| | | | | | $\dfrac{(32) \sim (75)}{18}$ | $\dfrac{(32) \sim 90}{22}$ |

| | 螺纹规格 d | M10 | M12 | M16 | M20 | M24 |
|---|---|---|---|---|---|---|
| $b_m$ 公称 | GB/T 897—1988 | 10 | 12 | 16 | 20 | 24 |
| | GB/T 898—1988 | 12 | 15 | 20 | 25 | 30 |
| | GB/T 899—1988 | 15 | 18 | 24 | 30 | 36 |
| | GB/T 900—1988 | 20 | 24 | 32 | 40 | 48 |
| $\dfrac{l}{b}$ | | $\dfrac{23 \sim (28)}{14}$ | $\dfrac{25 \sim 30}{16}$ | $\dfrac{30 \sim (38)}{20}$ | $\dfrac{35 \sim 40}{25}$ | $\dfrac{45 \sim 50}{30}$ |
| | | $\dfrac{30 \sim (38)}{16}$ | $\dfrac{(32) \sim 40}{20}$ | $\dfrac{40 \sim (55)}{30}$ | $\dfrac{(45) \sim (65)}{35}$ | $\dfrac{(55) \sim (75)}{45}$ |
| | | $\dfrac{40 \sim 120}{26}$ | $\dfrac{45 \sim 120}{30}$ | $\dfrac{60 \sim 120}{38}$ | $\dfrac{70 \sim 120}{46}$ | $\dfrac{80 \sim 120}{54}$ |
| | | $\dfrac{130}{32}$ | $\dfrac{130 \sim 180}{36}$ | $\dfrac{130 \sim 200}{44}$ | $\dfrac{130 \sim 200}{52}$ | $\dfrac{130 \sim 200}{60}$ |

注：1. GB/T 897—1988 和 GB/T 898—1988 规定螺柱的螺纹规格 $d$ = M5 · M48，公称长度 $l$ = 16 ~ 300mm；GB/T 899—1988 和 GB/T 900—1988 规定螺柱的螺纹规格 $d$ = M2 ~ M48，公称长度 $l$ = 12 ~ 300mm。

　　2. 螺柱公称长度 $l$（系列）：12，(14)，16，(18)，20，(22)，25，(28)，30，(32)，35，(38)，40，45，50，(55)，60，(65)，70，(75)，80，(85)，90，(95)，100 ~ 260（10 进位），280，300mm，尽可能不采用括号内的数值。

　　3. 材料为钢的螺柱性能等级有 4.8、5.8、6.8、8.8、10.9、12.9 级，其中 4.8 级为常用。

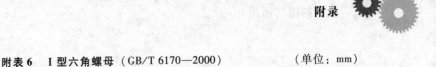

附表6　I型六角螺母（GB/T 6170—2000）　　　　　（单位：mm）

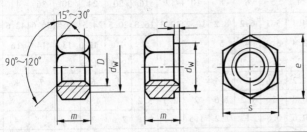

标记示例

螺纹规格 $D$ = M12、性能等级为 8 级、不经表面处理、产品等级为 A 级的 1 型六角螺母,其标记为

螺母　GB/T 6170　M12

| 螺纹规格 $d$ | | M3 | M4 | M5 | M6 | M8 | M10 | M12 | M16 | M20 | M24 | M30 | M36 |
|---|---|---|---|---|---|---|---|---|---|---|---|---|---|
| $e$ | （min） | 6.01 | 7.66 | 8.79 | 11.05 | 14.38 | 17.77 | 20.03 | 26.75 | 32.95 | 39.55 | 50.85 | 60.79 |
| $s$ | （max） | 5.5 | 7 | 8 | 10 | 13 | 16 | 18 | 24 | 30 | 36 | 46 | 55 |
| | （min） | 5.32 | 6.78 | 7.78 | 9.78 | 12.73 | 15.73 | 17.73 | 23.67 | 29.16 | 35 | 45 | 53.8 |
| $c$ | （max） | 0.4 | 0.5 | 0.5 | 0.5 | 0.6 | 0.6 | 0.6 | 0.8 | 0.8 | 0.8 | 0.8 | 0.8 |
| $d_w$ | （max） | 4.6 | 5.9 | 6.9 | 8.9 | 11.6 | 14.6 | 16.6 | 22.5 | 27.7 | 33.2 | 42.7 | 51.1 |
| | （min） | 3.45 | 4.6 | 5.75 | 6.75 | 8.75 | 10.8 | 13 | 17.3 | 21.6 | 25.9 | 32.4 | 38.9 |
| $m$ | （max） | 2.4 | 3.2 | 4.7 | 5.2 | 6.8 | 8.4 | 10.8 | 14.8 | 18 | 21.5 | 25.6 | 31 |
| | （min） | 2.15 | 2.9 | 4.4 | 4.9 | 6.44 | 8.04 | 10.37 | 14.1 | 16.9 | 20.2 | 24.3 | 29.4 |

附表7　平垫圈—A 级（GB/T 97.1—2002）、平垫圈倒角型—A 级（GB/T 97.2—2002）　（单位：mm）

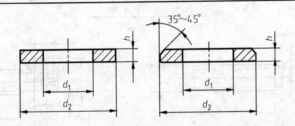

标记示例

标准系列,公称规格8mm,由钢制造的硬度等级为200HV级、不经表面处理、产品等级为 A 级的平垫圈,其标记为垫圈　GB/T 97.1—8

| 公称规格（螺纹大径 $d$） | 2 | 2.5 | 3 | 4 | 5 | 6 | 8 | 10 | 12 | 14 | 16 | 20 | 24 | 30 |
|---|---|---|---|---|---|---|---|---|---|---|---|---|---|---|
| 内径 $d_1$ | 2.2 | 2.7 | 3.2 | 4.3 | 5.3 | 6.4 | 8.4 | 10.5 | 13 | 15 | 17 | 21 | 25 | 31 |
| 外径 $d_2$ | 5 | 6 | 7 | 9 | 10 | 12 | 16 | 20 | 24 | 28 | 30 | 37 | 44 | 56 |
| 厚度 $h$ | 0.3 | 0.5 | 0.5 | 0.8 | 1 | 1.6 | 1.6 | 2 | 2.5 | 2.5 | 3 | 3 | 4 | 4 |

附表8　标准型弹簧垫圈（GB/T 93—1987）、轻型弹簧垫圈（GB/T 859—1987）　（单位：mm）

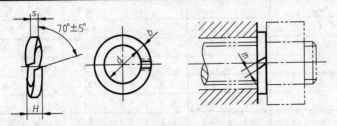

标记示例

公称直径16mm、材料为 65Mn、表面氧化的标准型弹簧垫圈,其标记为

垫圈　GB/T 93　16

（续）

| 规格（螺纹大径） | | 2 | 2.5 | 3 | 4 | 5 | 6 | 8 | 10 | 12 | 16 | 20 | 24 | 30 | 36 | 42 | 48 |
|---|---|---|---|---|---|---|---|---|---|---|---|---|---|---|---|---|---|
| $d$ | | 2.1 | 2.6 | 3.1 | 4.1 | 5.1 | 6.2 | 8.2 | 10.2 | 12.3 | 16.3 | 20.5 | 24.5 | 30.5 | 36.6 | 42.6 | 49 |
| $H$ | GB/T 93—1987 | 1.2 | 1.6 | 2 | 2.4 | 3.2 | 4 | 5 | 6 | 7 | 8 | 10 | 12 | 13 | 14 | 16 | 18 |
| | GB/T 859—1987 | 1 | 1.2 | 1.6 | 2 | 2.4 | 3.2 | 4 | 5 | 6.4 | 8 | 9.6 | 12 | | | | |
| $s(b)$ | GB/T 93—1987 | 0.6 | 0.8 | 1 | 1.2 | 1.6 | 2 | 2.5 | 3 | 3.5 | 4 | 5 | 6 | 6.5 | 7 | 8 | 9 |
| $s$ | GB/T 859—1987 | 0.5 | 0.6 | 0.8 | 0.8 | 1 | 1.2 | 1.6 | 2 | 2.5 | 3.2 | 4 | 4.8 | 6 | | | |
| $m \leqslant$ | GB/T 93—1987 | 0.4 | | 0.5 | 0.6 | 0.8 | 1 | 1.2 | 1.5 | 1.7 | 2 | 2.5 | 3 | 3.2 | 3.5 | 4 | 4.5 |
| | GB/T 859—1987 | 0.3 | | 0.4 | | 0.5 | 0.6 | 0.8 | 1 | 1.2 | 1.6 | 2 | 2.4 | 3 | | | |
| $b$ | GB/T 859—1987 | 0.8 | | 1 | 1.2 | | 1.6 | 2 | 2.5 | 3.5 | 4.5 | 5.5 | 6.5 | 8 | | | |

附表 9　开槽圆柱头螺钉（GB/T 65—2000）、开槽沉头螺钉（GB/T 68—2000）、

开槽盘头螺钉（GB/T 67—2008）　　　　（单位：mm）

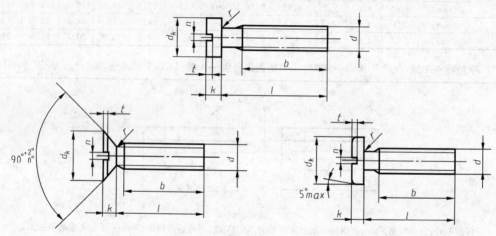

标记示例

螺纹规格 $d$ = M5，公称长度 $l$ = 20mm、性能等级为 4.8 级、不经表面处理的 A 级开槽圆柱头螺钉，

其标记为螺钉　GB/T 65　M5×20

| 螺纹规格 $d$ | | M1.6 | M2 | M2.5 | M3 | M4 | M5 | M6 | M8 | M10 |
|---|---|---|---|---|---|---|---|---|---|---|
| GB/T 65—2000 | $d_k$ | | | | | 7 | 8.5 | 10 | 13 | 16 |
| | $k$ | | | | | 2.6 | 3.3 | 3.9 | 5 | 6 |
| | $t_{min}$ | | | | | 1.1 | 1.3 | 1.6 | 2 | 2.4 |
| | $r_{min}$ | | | | | 0.2 | 0.2 | 0.25 | 0.4 | 0.4 |
| | $l$ | | | | | 5～40 | 6～50 | 8～60 | 10～80 | 12～80 |
| | 全螺纹时最大长度 | | | | | 40 | 40 | 40 | 40 | 40 |
| GB/T 67—2008 | $d_k$ | 3.2 | 4 | 5 | 5.6 | 8 | 9.5 | 12 | 16 | 23 |
| | $k$ | 1 | 1.3 | 1.5 | 1.8 | 2.4 | 3 | 3.6 | 4.8 | 6 |
| | $t_{min}$ | 0.35 | 0.5 | 0.6 | 0.7 | 1 | 1.2 | 1.4 | 1.9 | 2.4 |
| | $r_{min}$ | 0.1 | 0.1 | 0.1 | 0.1 | 0.2 | 0.2 | 0.25 | 0.4 | 0.4 |
| | $l$ | 2～16 | 2.5～20 | 3～25 | 4～30 | 5～40 | 6～50 | 8～60 | 10～80 | 12～80 |
| | 全螺纹时最大长度 | 30 | 30 | 30 | 30 | 40 | 40 | 40 | 40 | 40 |

（续）

| 螺纹规格 d | | M1.6 | M2 | M2.5 | M3 | M4 | M5 | M6 | M8 | M10 |
|---|---|---|---|---|---|---|---|---|---|---|
| GB/T 68—2000 | $d_k$ | 3 | 3.8 | 4.7 | 5.5 | 8.4 | 9.3 | 11.3 | 15.8 | 18.5 |
| | $k$ | 1 | 1.2 | 1.5 | 1.65 | 2.7 | 2.7 | 3.3 | 4.65 | 5 |
| | $t_{min}$ | 0.32 | 0.4 | 0.5 | 0.6 | 1 | 1.1 | 1.2 | 1.8 | 2 |
| | $r_{min}$ | 0.4 | 0.5 | 0.6 | 0.8 | 1 | 1.3 | 1.5 | 2 | 2.5 |
| | $l$ | 2.5~16 | 3~20 | 4~25 | 5~30 | 6~40 | 8~50 | 8~60 | 10~80 | 12~80 |
| 全螺纹时最大长度 | | 30 | 30 | 30 | 30 | 45 | 45 | 45 | 45 | 45 |
| $n$ | | 0.4 | 0.5 | 0.6 | 0.8 | 1.2 | 1.2 | 1.6 | 2 | 2.5 |
| $b_{min}$ | | 25 | | | | 38 | | | | |
| $l$ 系列 | | 2、2.5、3、4、5、6、8、10、12、(14)、16、20、25、30、35、40、45、50、(55)、60、(65)、70、(75)、80 | | | | | | | | | |

**附表 10  圆柱销（不淬硬钢和奥氏体不锈钢）（GB/T 119.1—2000）、**

**圆柱销（淬硬钢和马氏体不锈钢）（GB/T 119.2—2000）**  （单位：mm）

标记示例

公称直径 d = 6mm、公差 m6、公称长度 l = 30mm、材料为钢、不经淬火、不经表面处理的圆柱销，其标记为

销  GB/T 119.1  6m6×30

公称直径 d = 6mm、公称长度 l = 30mm、材料为钢、普通淬火（A型）、表面氧化处理的圆柱销，其标记为

销  GB/T 119.2  6×30

| 公称直径 d | | 3 | 4 | 5 | 6 | 8 | 10 | 12 | 16 | 20 | 25 | 30 | 40 | 50 |
|---|---|---|---|---|---|---|---|---|---|---|---|---|---|---|
| c≈ | | 0.50 | 0.63 | 0.80 | 1.2 | 1.6 | 2.0 | 2.5 | 3.0 | 3.5 | 4.0 | 5.0 | 6.3 | 8.0 |
| 公称长度 l | GB/T 119.1 | 8~30 | 8~40 | 10~50 | 12~60 | 14~80 | 18~95 | 22~140 | 26~180 | 35~200 | 50~200 | 60~200 | 80~200 | 95~200 |
| | GB/T 119.2 | 8~30 | 10~40 | 12~50 | 14~60 | 18~80 | 22~100 | 26~100 | 40~100 | 50~100 | — | — | — | — |
| l 系列 | | 8,10,12,14,16,18,20,22,24,26,28,30,32,35,40,45,50,55,60,65,70,75,80,85,90,95,100,120,140,160,180,200 | | | | | | | | | | | | |

注：1. GB/T 119.1—2000 规定圆柱销的公称直径 d = 0.6~50mm，公称长度 l = 2~200mm，公差有 m6 和 h8。

2. GB/T 119.2—2000 规定圆柱销的公称直径 d = 1~20mm，公称长度 l = 3~100mm，公差仅为 m6。

3. 当圆柱销公差为 h8 时，其表面粗糙度 Ra≤1.6μm。

**附表 11  圆锥销（GB/T 117—2000）**  （单位：mm）

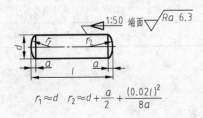

$$r_1 \approx d \quad r_2 \approx d + \frac{a}{2} + \frac{(0.021)^2}{8a}$$

标记示例

公称直径 d = 10mm、公称长度 l = 60mm、材料为 35 钢、热处理硬度 28~38HRC、表面氧化处理的 A 型圆锥销，其标记为

销  GB/T 117  10×60

（续）

| 公称直径 $d$ | 4 | 5 | 6 | 8 | 10 | 12 | 16 | 20 | 25 | 30 | 40 | 50 |
|---|---|---|---|---|---|---|---|---|---|---|---|---|
| $a \approx$ | 0.5 | 0.63 | 0.8 | 1 | 1.2 | 1.6 | 2 | 2.5 | 3 | 4 | 5 | 6.3 |
| 公称长度 $l$ | 14~55 | 18~60 | 22~90 | 22~120 | 26~160 | 32~180 | 40~200 | 45~200 | 50~200 | 55~200 | 60~200 | 65~200 |
| $l$ 系列 | 2,3,4,5,6,8,10,12,14,16,18,20,22,24,26,28,30,32,35,40,45,50,55,60,65,70,75,80,85,90,95,<br>100,120,140,160,180,200 |||||||||||

注：1. 标准规定圆锥销的公称直径 $d = 0.6 \sim 50\text{mm}$。

2. 有 A 型和 B 型。A 型为磨销，锥面表面粗糙度 $Ra = 0.8\,\mu\text{m}$；B 型为切削或冷镦，锥面粗糙度 $Ra = 3.2\,\mu\text{m}$。

### 附表 12　倒角和倒圆 （摘自 GB/T 6403.4—2008）　　（单位：mm）

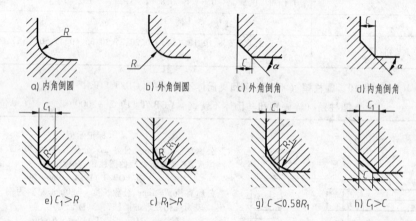

| 直径 $D$ | ~3 || >3~6 || >6~10 || >10~18 | >18~30 | >30~50 || >50~80 |
|---|---|---|---|---|---|---|---|---|---|---|---|
| $C$、$R$　$R_1$ | 0.1 | 0.2 | 0.3 | 0.4 | 0.5 | 0.6 | 0.8 | 1.0 | 1.2 | 1.6 | 2.0 |
| $C_{max}\,(C<0.58R_1)$ | — | 0.1 | 0.1 | 0.2 | 0.2 | 0.3 | 0.4 | 0.5 | 0.6 | 0.8 | 1.0 |

| 直径 $D$ | >80~<br>120 | >120~<br>180 | >180~<br>250 | >250~<br>320 | >320~<br>400 | >400~<br>500 | >500~<br>630 | >630~<br>800 | >800~<br>1000 | >1000~<br>1250 | >1250~<br>1600 |
|---|---|---|---|---|---|---|---|---|---|---|---|
| $C$、$R$　$R_1$ | 2.5 | 3.0 | 4.0 | 5.0 | 6.0 | 8.0 | 10 | 12 | 16 | 20 | 25 |
| $C_{max}\,(C<0.58R_1)$ | 1.2 | 1.6 | 2.0 | 2.5 | 3.0 | 4.0 | 5.0 | 6.0 | 8.0 | 10 | 12 |

注：$\alpha$ 一般采用 45°，也可采用 30° 或 60°。

### 附表 13　砂轮越程槽 （摘自 GB/T 6403.5—2008）　　（单位：mm）

| $b_1$ | 0.6 | 1.0 | 1.6 | 2.0 | 3.0 | 4.0 | 5.0 | 8.0 | 10 |
|---|---|---|---|---|---|---|---|---|---|
| $b_2$ | 2.0 | 3.0 || 4.0 || 5.0 || 8.0 | 10 |
| $h$ | 0.1 | 0.2 || 0.3 | 0.4 | 0.6 || 0.8 | 1.2 |
| $r$ | 0.2 | 0.5 | 0.8 || 1.0 | 1.6 || 2.0 | 3.0 |
| $d$ | ~10 ||| >10~50 || >50~100 || >100 ||

注：1. 越程槽内一直线相交处，不允许产生尖角。

2. 越程槽深度 $h$ 与圆弧半径 $r$，要满足 $r \leqslant 3h$。

3. 磨削具有数个直径的工件时，可使用同一规格的越程槽。

4. 直径 $d$ 值大的零件，允许选择小规格的砂轮越程槽。

5. 砂轮越程槽的尺寸公差和表面粗糙度根据该零件的结构、性能确定。

附表 14　普通螺纹退刀槽和倒角（GB/T 3—1997）　　　　（单位：mm）

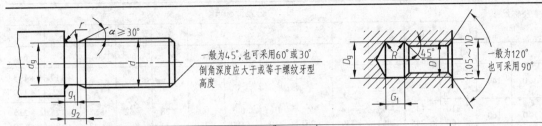

一般为45°，也可采用60°或30°
倒角深度应大于或等于螺纹牙型高度

一般为120°
也可采用90°

| 螺距 | 外螺纹 | | | 内螺纹 | | 螺距 | 外螺纹 | | | 内螺纹 | |
|---|---|---|---|---|---|---|---|---|---|---|---|
| | $g_{2max}$ | $g_{1min}$ | $d_g$ | $G_1$ | $D_g$ | | $g_{2max}$ | $g_{1min}$ | $d_g$ | $G_1$ | $D_g$ |
| 0.5 | 1.5 | 0.8 | $d-0.8$ | 2 | | 1.75 | 5.25 | 3 | $d-2.6$ | 7 | |
| 0.7 | 2.1 | 1.1 | $d-1.1$ | 2.8 | $D+0.3$ | 2 | 6 | 3.4 | $d-3$ | 8 | |
| 0.8 | 2.4 | 1.3 | $d-1.3$ | 3.2 | | 2.5 | 7.5 | 4.4 | $d-3.6$ | 10 | $D+0.5$ |
| 1 | 3 | 1.6 | $d-1.6$ | 4 | | 3 | 9 | 5.2 | $d-4.4$ | 12 | |
| 1.25 | 3.75 | 2 | $d-2$ | 5 | $D+0.5$ | 3.5 | 10.5 | 6.2 | $d-5$ | 14 | |
| 1.5 | 4.5 | 2.5 | $d-2.3$ | 6 | | 4 | 12 | 7 | $d-5.7$ | 16 | |

注：1. $d$、$D$ 为螺纹公称直径代号。
　　2. $d_g$ 公差为：$d>3$mm 时，为 h13；$d\leqslant13$mm 时，为 h12。$D_g$ 公差为 H13。
　　3. "短" 退刀槽仅在结构受限制时采用。

附表 15　优先配合中轴的极限偏差（摘自 GB/T 1800.2—2009）

| 公称尺寸 /mm | | 公差带/μm | | | | | | | | | | | |
|---|---|---|---|---|---|---|---|---|---|---|---|---|---|
| | | c | d | f | g | h | | | | k | n | p | s | u |
| 大于 | 至 | 11 | 9 | 7 | 6 | 6 | 7 | 9 | 11 | 6 | 6 | 6 | 6 | 6 |
| — | 3 | $-60$ $-120$ | $-20$ $-45$ | $-6$ $-16$ | $-2$ $-8$ | 0 $-6$ | 0 $-20$ | 0 $-25$ | 0 $-60$ | $+6$ 0 | $+10$ $+4$ | $+12$ $+6$ | $+20$ $+14$ | $+24$ $+18$ |
| 3 | 6 | $-70$ $-145$ | $-30$ $-60$ | $-10$ $-22$ | $-4$ $-22$ | 0 $-8$ | 0 $-12$ | 0 $-30$ | 0 $-75$ | $+9$ $+1$ | $+16$ $+8$ | $+20$ $+12$ | $+27$ $+19$ | $+31$ $+23$ |
| 6 | 10 | $-80$ $-170$ | $-40$ $-76$ | $-13$ $-28$ | $-5$ $-14$ | 0 $-9$ | 0 $-15$ | 0 $-36$ | 0 $-90$ | $+10$ $+1$ | $+19$ $+10$ | $+24$ $+15$ | $+32$ $+23$ | $+37$ $+28$ |
| 10 | 14 | $-95$ $-205$ | $-50$ $-93$ | $-16$ $-34$ | $-6$ $-17$ | 0 $-11$ | 0 $-18$ | 0 $-43$ | 0 $-110$ | $+12$ $+1$ | $+23$ $+12$ | $+29$ $+18$ | $+39$ $+28$ | $+44$ $+33$ |
| 14 | 18 | | | | | | | | | | | | | |
| 18 | 24 | $-110$ $-240$ | $-65$ $-117$ | $-20$ $-41$ | $-7$ $-20$ | 0 $-13$ | 0 $-21$ | 0 $-52$ | 0 $-130$ | $+15$ $+2$ | $+28$ $+15$ | $+35$ $+22$ | $+48$ $+35$ | $+54$ $+41$ |
| 24 | 30 | | | | | | | | | | | | | $+61$ $+48$ |
| 30 | 40 | $-120$ $-280$ | $-80$ $-142$ | $-25$ $-50$ | $-9$ $-25$ | 0 $-16$ | 0 $-25$ | 0 $-62$ | 0 $-160$ | $+18$ $+2$ | $+33$ $+17$ | $+42$ $+26$ | $+59$ $+43$ | $+76$ $+60$ |
| 40 | 50 | $-130$ $-290$ | | | | | | | | | | | | $+86$ $+70$ |
| 50 | 65 | $-140$ $-330$ | $-100$ $-174$ | $-30$ $-60$ | $-10$ $-29$ | 0 $-19$ | 0 $-30$ | 0 $-74$ | 0 $-190$ | $+21$ $+2$ | $+39$ $+20$ | $+51$ $+32$ | $+72$ $+53$ | $+106$ $+87$ |
| 65 | 80 | $-150$ $-340$ | | | | | | | | | | | $+78$ $+59$ | $+121$ $+102$ |
| 80 | 100 | $-170$ $-390$ | $-120$ $-207$ | $-36$ $-71$ | $-12$ $-34$ | 0 $-22$ | 0 $-35$ | 0 $-87$ | 0 $-220$ | $+25$ $+3$ | $+45$ $+23$ | $+59$ $+37$ | $+93$ $+71$ | $+146$ $+124$ |
| 100 | 120 | $-180$ $-400$ | | | | | | | | | | | $+101$ $+79$ | $+166$ $+144$ |

机械制图（通用）

（续）

| 公称尺寸/mm 大于 | 至 | c 11 | d 9 | f 7 | g 6 | h 6 | h 7 | h 9 | h 11 | k 6 | n 6 | p 6 | s 6 | u 6 |
|---|---|---|---|---|---|---|---|---|---|---|---|---|---|---|
| 120 | 140 | −200 −450 | | | | | | | | | | | +117 +92 | +195 +170 |
| 140 | 160 | −210 −460 | −145 −245 | −43 −83 | −14 −39 | 0 −25 | 0 −40 | 0 −100 | 0 −250 | +28 +3 | +52 +27 | +68 +43 | +125 +100 | +215 +190 |
| 160 | 180 | −230 −480 | | | | | | | | | | | +133 +108 | +235 +210 |
| 180 | 200 | −240 −530 | | | | | | | | | | | +151 +122 | +265 +236 |
| 200 | 225 | −260 −550 | −170 −285 | −50 −96 | −15 −44 | 0 −29 | 0 −46 | 0 −115 | 0 −290 | +33 +4 | +60 +31 | +79 +50 | +159 +130 | +287 +258 |
| 225 | 250 | −280 −570 | | | | | | | | | | | +169 +140 | +313 +284 |
| 250 | 280 | −300 −620 | | | | | | | | | | | +190 +158 | +347 +315 |
| 280 | 315 | −330 −650 | −190 −320 | −56 −108 | −17 −49 | 0 −32 | 0 −52 | 0 −130 | 0 −320 | +36 +4 | +66 +34 | +88 +56 | +202 +170 | +382 +350 |
| 315 | 355 | −360 −720 | | | | | | | | | | | +226 +190 | +426 +390 |
| 355 | 400 | −400 −760 | −210 −350 | −62 −119 | −18 −54 | 0 −36 | 0 −57 | 0 −140 | 0 −360 | +40 +4 | +73 +37 | +98 +62 | +244 +208 | +471 +435 |
| 400 | 450 | −440 −840 | | | | | | | | | | | +272 +232 | +530 +490 |
| 450 | 500 | −480 −880 | −230 −385 | −68 −131 | −20 −60 | 0 −40 | 0 −63 | 0 −155 | 0 −400 | +45 +5 | +80 +40 | +108 +68 | +292 +252 | +580 +540 |

附表16　优先配合中孔的极限偏差（摘自 GB/T 1800.2—2009）

| 公称尺寸/mm 大于 | 至 | C 11 | D 9 | F 8 | G 7 | H 7 | H 8 | H 9 | H 11 | K 7 | N 7 | P 7 | S 7 | U 7 |
|---|---|---|---|---|---|---|---|---|---|---|---|---|---|---|
| — | 3 | +120 +60 | +45 +20 | +20 +6 | +12 +2 | +10 0 | +14 0 | +25 0 | +60 0 | 0 −10 | −4 −14 | −6 −16 | −14 −24 | −18 −28 |
| 3 | 6 | +145 +70 | +60 +30 | +28 +10 | +16 +4 | +12 0 | +18 0 | +30 0 | +75 0 | +3 −9 | −4 −16 | −8 −20 | −15 −27 | −19 −31 |
| 6 | 10 | +170 +80 | +76 +40 | +35 +13 | +20 +5 | +15 0 | +22 0 | +36 0 | +90 0 | +5 −10 | −4 −19 | −9 −24 | −17 −32 | −22 −37 |
| 10 | 14 | +205 +95 | +93 +50 | +43 +16 | +24 +6 | +18 0 | +27 0 | +43 0 | +110 0 | +6 −12 | −5 −23 | −11 −29 | −21 −39 | −26 −44 |
| 14 | 18 | | | | | | | | | | | | | |
| 18 | 24 | +240 +110 | +117 +65 | +53 +20 | +28 +7 | +21 0 | +33 0 | +52 0 | +130 0 | +6 −15 | −7 −28 | −14 −35 | −27 −48 | −33 −54 |
| 24 | 30 | | | | | | | | | | | | | −40 −61 |

（续）

| 公称尺寸/mm 大于 | 至 | C11 | D9 | F8 | G7 | H7 | H8 | H9 | H11 | K7 | N7 | P7 | S7 | U7 |
|---|---|---|---|---|---|---|---|---|---|---|---|---|---|---|
| 30 | 40 | +280/+120 | +142/+80 | +64/+25 | +34/+9 | +25/0 | +39/0 | +62/0 | +160/0 | +7/-18 | -8/-33 | -17/-42 | -34/-59 | -51/-76 |
| 40 | 50 | +290/+130 | | | | | | | | | | | | -61/-86 |
| 50 | 65 | +330/+140 | +174/+100 | +76/+30 | +40/+10 | +30/0 | +46/0 | +74/0 | +190/0 | +9/-21 | -9/-39 | -21/-51 | -42/-72 | -76/-106 |
| 65 | 80 | +340/+150 | | | | | | | | | | | -48/-78 | -91/-121 |
| 80 | 100 | +390/+170 | +207/+120 | +90/+36 | +47/+12 | +35/0 | +54/0 | +87/0 | +220/0 | +10/-25 | -10/-45 | -24/-59 | -58/-93 | -111/-146 |
| 100 | 120 | +400/+180 | | | | | | | | | | | -66/-101 | -131/-166 |
| 120 | 140 | +450/+200 | +245/+145 | +106/+43 | +54/+14 | +40/0 | +63/0 | +100/0 | +250/0 | +12/-28 | -12/-52 | -28/-68 | -77/-117 | -155/-195 |
| 140 | 160 | +460/+210 | | | | | | | | | | | -85/-125 | -175/-215 |
| 160 | 180 | +480/+230 | | | | | | | | | | | -93/-133 | -195/-235 |
| 180 | 200 | +530/+240 | +285/+170 | +122/+50 | +61/+15 | +46/0 | +72/0 | +115/0 | +290/0 | +13/-33 | -14/-60 | -33/-79 | -105/-151 | -219/-265 |
| 200 | 225 | +550/+260 | | | | | | | | | | | -113/-159 | -241/-287 |
| 225 | 250 | +570/+280 | | | | | | | | | | | -123/-169 | -267/-313 |
| 250 | 280 | +620/+300 | +320/+190 | +137/+56 | +69/+17 | +52/0 | +81/0 | +130/0 | +320/0 | +16/-36 | -14/-66 | -36/-88 | -138/-190 | -295/-347 |
| 280 | 315 | +650/+330 | | | | | | | | | | | -150/-202 | -330/-382 |
| 315 | 355 | +720/+360 | +350/+210 | +151/+62 | +75/+18 | +57/0 | +89/0 | +140/0 | +360/0 | +17/-40 | -16/-73 | -41/-98 | -169/-226 | -369/-426 |
| 355 | 400 | +760/+400 | | | | | | | | | | | -187/-244 | -414/-471 |
| 400 | 450 | +840/+440 | +385/+230 | +165/+68 | +83/+20 | +63/0 | +97/0 | +155/0 | +400/0 | +18/-45 | -17/-80 | -45/-108 | -209/-272 | -467/-530 |
| 450 | 500 | +880/+480 | | | | | | | | | | | -229/-292 | -517/-580 |

183

# 参 考 文 献

[1]　钱可强. 机械制图（多学时）[M]. 北京：机械工业出版社，2010.

[2]　房芳. 机械制图 [M]. 北京：机械工业出版社，2008.

[3]　金大鹰. 机械制图（多学时）[M]. 北京：机械工业出版社，2010.

[4]　胡建生. 机械制图 [M]. 北京：机械工业出版社，2009.

[5]　张黎骅，余凯. 机械制图 [M]. 北京：人民邮电出版社，2008.

[6]　刘亚静. 机械制图 [M]. 北京：科学出版社，2009.

[7]　王幼龙. 机械制图 [M]. 北京：高等教育出版社，2010.

[8]　叶曙光. 机械制图 [M]. 北京：机械工业出版社，2008.

[9]　钱志芳. 机械制图 [M]. 南京：江苏教育出版社，2010.

[10]　王志学. 机械识图与公差配合 [M]. 北京：中国劳动社会保障出版社，2009.